Dos pequeños secretos

Maureen Child

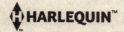

Editado por Harlequin Ibérica.
Una división de HarperCollins Ibérica, S.A.
Núñez de Balboa, 56
28001 Madrid

© 2014 Maureen Child
© 2016 Harlequin Ibérica, una división de HarperCollins Ibérica, S.A.
Dos pequeños secretos, n.º 2093 - 5.10.16
Título original: Double the Trouble
Publicada originalmente por Harlequin Enterprises, Ltd.

I.S.B.N.: 978-84-687-8488-5
Depósito legal: M-24341-2016
Impresión en CPI (Barcelona)
Fecha impresion para Argentina: 3.4.17
Distribuidor exclusivo para España: LOGISTA
Distribuidores para México: CODIPLYRSA y Despacho Flores
Distribuidores para Argentina: Interior, DGP, S.A. Alvarado 2118.
Cap. Fed./Buenos Aires y Gran Buenos Aires, VACCARO HNOS.

Capítulo Uno

Colton King no vio llegar el puño que le golpeó la mandíbula. Sacudió la cabeza y luego bloqueó el siguiente puñetazo antes de que le diera. El tipo furioso que había irrumpido en su despacho unos minutos antes dio un paso atrás y murmuró entre dientes:

—Te lo merecías.

—¿Qué diablos me merecía? —Colt dejó la bolsa de viaje en el suelo.

Trató de hacer memoria pero no le salió nada. No conocía a aquel hombre y no se le ocurría ninguna otra persona que quisiera golpearle… en aquel momento. Sus relaciones con las mujeres, siempre temporales, acababan de manera amigable. Ni siquiera había discutido con su hermano gemelo, Connor, desde hacía semanas.

Sí, había clientes enfadados que se presentaban en las oficinas de Aventuras Extremas King de Laguna Beach, California, cuando no encontraban las olas gigantes que les habían prometido. O si la carrera de la montaña se cancelaba debido a una avalancha.

Colton y Connor organizaban vacaciones de aventura para los adinerados adictos a la adrenalina de todo el mundo. En más de una ocasión algún cliente se había enfadado tanto como para montar una escena. Pero ninguno le había pegado. Hasta ahora.

Así que la pregunta era:

—¿Quién diablos eres tú?

—¡He llamado a seguridad! —exclamó una mujer desde el umbral de la puerta.

Colt ni siquiera miró a Linda, la administrativa que compartía con Connor.

—Gracias. Ve a buscar a Connor.

—Ahora mismo —dijo ella antes de desaparecer.

—Llamar a seguridad no cambiará nada —afirmó con rotundidad el tipo que acababa de pegarle—. Seguirás siendo un malnacido egoísta.

—De acuerdo —murmuró Colt. Tampoco era la primera vez que escuchaba algo así, aunque no le vendría mal algo de información—. ¿Quieres decirme qué está pasando aquí?

—Eso me gustaría saber a mí —Connor entró en el despacho y se puso al lado de su gemelo.

Colt agradeció tenerlo allí, aunque se habría bastado consigo mismo para darle un buen puñetazo al tipo. Pero tener a Connor cerca le ayudaría a contenerse. Además, una pelea no le daría las respuestas que buscaba.

—Me has dado un buen puñetazo. Ahora dime por qué.

—Me llamo Robert Oaks.

Oaks. Recuerdos enterrados cruzaron por la mente de Colt a toda velocidad. Se le formó una bola de hielo en la boca del estómago y se le paralizó completamente el cuerpo. Observó al desconocido, que le miraba fijamente con aquellos ojos verdes entornados… y le resultó familiar.

Maldición.

La última vez que vio unos ojos así fue hacía casi dos años. Al final de una semana en Las Vegas que debía haber sido normal pero resultó increíble. Un recuerdo en concreto surgió en su mente y Colt deseó con todas sus fuerzas poder apartarlo de sí. Pero no fue capaz de lograrlo. La mañana posterior a que Penny Oaks y él se casaran en una horterada de capilla de Las Vegas. La mañana en que Colt le dijo que iban a divorciarse… justo después de darle las gracias por la semana tan divertida que había pasado y dejarla en la habitación del hotel que habían compartido.

No quería pensar en aquel día. Pero ahora resultaba difícil evitarlo con aquel hombre, que debía de ser su hermano, plantado delante de él.

Robert Oaks asintió despacio cuando se dio cuenta de que Colt sabía quién era.

–Bien. Al menos te acuerdas.

–¿De qué te acuerdas? –quiso saber Connor.

–De nada –no iba a hablar con su hermano de aquello. Al menos en aquel momento.

–Ah, de nada. Estupendo –Oaks sacudió la cabeza con disgusto–. Justo lo que esperaba.

Colt sintió una oleada de rabia. Lo que ocurriera entre Penny y él era justo eso. Entre Penny y él. No le interesaba lo que su hermano pensara.

–¿Qué estás haciendo aquí? ¿Qué quieres?

–Quiero que hagas lo correcto –le espetó Robert–. Pero dudo que lo hagas. Así que pensé que darte un puñetazo sería suficiente. No lo ha sido.

La impaciencia se mezcló con la rabia que todavía sentía Colt en el estómago. Tenía un jet de la empresa esperando para llevarle a Sicilia. Tenía cosas que hacer. Sitios a los que ir. Y que le asparan si malgastaba un minuto más con Robert Oaks.

–¿Por qué no vas al grano? ¿Por qué estás aquí?

–Porque mi hermana está en el hospital.

–¿Hospital? –algo dentro de Colt se revolvió. La mente se le llenó al instante de otros recuerdos, los de un hospital de paredes frías y verdes, el olor a miedo y a antiséptico que respiraba cada vez que tomaba aire.

Durante un segundo o dos sintió como si tuviera una losa en el pecho que le arrastrara a un pasado al que no quería volver. Apartó de sí la oscuridad de su mente y se esforzó por volver al presente. Se pasó una mano por el pelo, centró la mirada en el hermano de Penny y esperó.

–A mi hermana la operaron ayer de apendicitis –le informó Robert.

Colt sintió una punzada de alivio al saber que no se trataba de algo más serio.

–¿Y está bien?

Robert soltó una risotada despectiva.

–Sí, está muy bien. Pero ya sabes, le preocupa pensar cómo va a pagar la factura del hospital. Y también le preocupan los gemelos. Tus gemelos.

La habitación se quedó sin aire.

–Mis… –sacudió la cabeza mientras intentaba comprender lo que el hermano de Penny le estaba diciendo. Se frotó la cara con las manos y finalmente consiguió decir:– ¿Gemelos? ¿Penny tuvo un bebé?

–Dos –le corrigió Robert–. Parece que en tu familia hay gemelos.

–¿Y no le dijo nada a Colt? –Connor parecía tan asombrado como su hermano.

Colt estuvo a punto de ahogarse de la rabia. Penny no le había dicho ni una palabra. Se quedó embarazada y no le dijo nada. Tuvo dos hijos y no se lo dijo.

¿Era padre?

6

Volvió a sentir el peso en el pecho, pero esta vez lo ignoró.

—¿Dónde están? —inquirió con tono cortante.

Robert le miró con recelo.

—Mi prometida y yo hemos estado cuidando de ellos.

Una vocecita interior le susurró que todo podía tratarse de una mentira. Que Penny podría haberle contado una mentira a su hermano. Que los bebés no eran suyos realmente. Pero enseguida apartó de sí la idea. Aquello habría sido demasiado fácil, y Colt sabía que no había nada de fácil en todo aquello.

—Un niño y una niña, por si te interesa.

Colt giró la cabeza y miró a Robert con ojos entornados. Un niño y una niña. Tenía dos hijos. Diablos, no sabía cómo se suponía que debía sentirse. Lo único que tenía claro en aquel momento era que la madre de sus hijos tenía que darle algunas explicaciones.,

—Por supuesto que me interesa. Ahora dime en qué hospital está Penny.

Consiguió toda la información de Robert, incluido su número de móvil y la dirección. Cuando llegaron los agentes de seguridad del edificio, Colt les dijo que se marcharan. No iba a presentar cargos contra el hermano de Penny, solo estaba furioso y quería defender a su familia. Colton habría hecho lo mismo. Pero cuando Robert se marchó, Colt dejó escapar algo de furia dándole una patada a la bolsa de viaje.

Connor se apoyó en el quicio de la puerta.

—Entonces, ¿se cancela el viaje a Sicilia?

Se suponía que Colt tendría que estar en aquel momento volando rumbo al monte Etna para probar un lugar de salto base en paracaídas. A eso se dedicaba, a buscar los lugares deportivos más peligrosos e inspiradores para su creciente lista de clientes.

Pero ahora le esperaba un subidón de adrenalina distinto. Colt miró a su gemelo con dureza.

—Sí, se cancela.

—Y eres padre.

—Eso parece.

Sonaba tranquilo, pero no lo estaba. Había demasiadas emociones, demasiados pensamientos rondándole por la cabeza. Padre. Había dos niños en el mundo debido a él y Colt no tenía ni idea hasta hacía unos minutos. ¿Cómo era posible? ¿No debería haber sentido algo? ¿No deberían haberle dicho que era padre?

Sacudió la cabeza y trató de hacerse a la idea. No podía. Qué diablos, ningún niño merecía tenerle a él como padre. Lo sabía. Se frotó el pecho para intentar calmar el dolor que sentía y soltó el aire por los pulmones. La rabia se le mezcló con el terror.

—¿Y cuándo pensabas contármelo?

Colt miró a su gemelo con la boca abierta.

—Acabo de enterarme, ¿te acuerdas?

—No estoy hablando de los gemelos, hablo de la madre.

—No hay nada que decir —pero era mentira. Lo cierto era que había mucho que contar. Era la primera vez que Colt le había guardado un secreto a su hermano. Todavía no podía explicarse por qué. Se pasó la mano por el pelo—. Fue en la convención de Las Vegas, hace casi dos años.

—¿La conociste allí?

Colt cruzó el despacho y agarró la bolsa que había preparado para el ahora cancelado viaje. Se la colocó al hombro y se giró para mirar a su hermano.

—No quiero hablar ahora mismo del tema, ¿de acuerdo?

Si no salía de allí al instante iba a explotar.

—Mala suerte —le dijo Connor con sequedad—. Acabo de enterarme de que soy tío. Así que háblame de esa mujer.

Su hermano no iba a dejar el tema y Colt lo sabía. Diablos, si la situación fuera al revés él también exigiría respuestas, así que no podía culparle.

—No hay mucho que contar —murmuró apretando los dientes—. La conocí en la convención de deportes extremos. Pasamos una semana juntos y luego… nos casamos.

Colt nunca había visto a Connor tan asombrado. No era de extrañar.

—¿Os casasteis? ¿Y no te molestaste en contármelo?

—Duró como un minuto —afirmó Colt. Ni siquiera ahora podía creer que hubiera caído rendido tan profundamente ante la pasión que había encontrado con Penny como para casarse con ella. No le había dicho nada a Connor porque no era capaz de explicarse a sí mismo lo que había hecho.

Sacudió la cabeza, se giró y miró por la ventana hacia el mar. Había surfistas cabalgando las olas. Los turistas caminaban por la playa tomando fotos y, más allá, los veleros rozaban la superficie del agua con sus brillantes velas agitándose al viento.

El mundo seguía como siempre. Todo parecía completamente normal. Y sin embargo, para él nada volvería a ser lo mismo.

—Colt, han pasado casi dos años, ¿y nunca dijiste ni una palabra?

Él miró de reojo a su gemelo.

—Nunca encontré la manera de hacerlo. Con, sigo sin saber qué diablos pasó –volvió a sacudir la cabeza–. Volví a casa, me divorcié y pensé que todo había terminado. No tenía sentido contártelo.

—No me puedo creer que te casaras.

—Ya somos dos –murmuró Colt mirando otra vez hacia el mar con la esperanza de encontrar un poco de paz. No lo consiguió–. Pensé que no había nada que contar.

—Ya, bueno. Pues te equivocaste.

—Eso parece –tenía hijos. Dos. Hizo la cuenta y calculó que tendrían ocho meses. Ocho meses de su vida que se había perdido. Nunca imaginó su existencia. Volvió a sentir una oleada de furia e hizo un esfuerzo por tragar saliva.

Habían pasado casi dos años desde que vio a Penny por última vez, aunque pensaba en ella más de lo que quería admitir. Pero en aquel momento no eran los recuerdos lo que le impulsaban. Ni el deseo que una vez sintió por ella. Era rabia, pura y simplemente. Una rabia como nunca antes había conocido. Penny había mantenido a sus hijos apartados de él y lo había hecho deliberadamente. Después de todo, era muy fácil encontrarle. Era un King, por el amor de Dios, y los King de California no eran precisamente unos desconocidos.

—Muy bien. Entonces, ¿qué vas a hacer?

Colt le dio la espalda al mar y miró a su gemelo antes de decir con firmeza de acero:

—Voy a ir a buscar a mi exmujer. Y luego voy a llevarme a mis hijos.

***

Penny sentía una punzada de dolor cada vez que se movía. Pero eso no le impedía intentarlo. Se giró con cuidado para poder llegar a la mesita con ruedas en la que tenía el ordenador portátil. Luego se subió un poco más en la cama moviéndose muy despacio.

Estaba acostumbrada a ir por la vida a toda velocidad. Tenía un negocio, una casa y dos bebés a los que cuidar, así que solo podía hacerlo todo deprisa. Verse obligada a permanecer tumbada en la cama de un hospital que no podía pagar la estaba volviendo loca.

Cada minuto que permanecía ahí añadía un nuevo dólar a la cuenta que pronto le entregarían. Cada momento que seguía allí, sus hijos estaban sin ella. Aunque Penny confiaba completamente en su hermano pequeño y en su prometida, Maria, echaba mucho de menos a los gemelos.

Extendió la mano para acercar más la mesita y gimió al sentir la punzada de dolor que la atravesó.

—¡Ay!

—Deberías quedarte tumbada.

Penny se quedó paralizada, sin atreverse a respirar. Conocía aquella voz. La oía todas las noches en sueños. Se agarró a la mesita y movió únicamente los ojos hacia el umbral de la puerta en la que estaba él. Colton King. El padre de sus hijos, el protagonista de todas y cada una de sus fantasías, su exmarido y el último hombre de la Tierra al que quería ver.

—¿Sorprendida? —le preguntó él.

Aquella palabra no se acercaba siquiera a lo que Penny estaba sintiendo.

—Podría decirse que sí.

—Bien —le espetó él—. Así te haces una idea de cómo me siento yo.

11

Robert, pensó Penny con inquietud. Iba a tener que matar a su hermano pequeño. Sí, le había criado y le quería muchísimo. Pero tendría que pagar por haber ido a buscar a Colton y delatarla. Aunque ya se ocuparía de eso más tarde. En aquel momento tenía que encontrar el modo de lidiar con su pasado.

–¿Qué estás haciendo aquí?

Colt entró despacio en la habitación, sus largas piernas recorrieron la distancia en pocas zancadas. Se movía casi con indolencia, pero Penny no se dejó engañar. Podía sentir la tensión que irradiaba de él en oleadas, y se preparó para una confrontación que llevaba casi dos años cociéndose.

Tenía las manos metidas en los bolsillos de sus vaqueros negros. Llevaba el negro cabello un poco largo, y se le rizaba en el cuello del suéter color rojo sangre. Pero fueron sus ojos los que la hipnotizaron igual que dos años atrás.

Eran azul pálido como un cielo helado, rematados con unas pestañas negras y gruesas que cualquier mujer mataría por tener. Y en aquel momento, esos ojos fríos estaban clavados en ella.

Seguía siendo el hombre más sexy que había conocido. Seguía teniendo aquel magnetismo que atraía a las mujeres como un imán.

–Robert vino a verme –dijo Colt con naturalidad, como si no significara nada.

Pero ella sabía que no era así. Sí, solo habían estado juntos una semana hacía casi dos años, pero durante ese tiempo Penny había revivido cada momento con él cientos de veces. Al principio había tratado de olvidarle, porque recordarle solo le producía dolor.

Pero entonces se enteró de que estaba embarazada

y le resultó imposible olvidar. Así que decidió disfrutar de los recuerdos. Mantenerlos vivos y frescos reconstruyendo mentalmente cada conversación, repasando cada momento que pasó con él. Conocía el tono de su voz, la textura de su piel y el sabor de sus labios.

Y también sabía, al mirarlo, que estaba enfadado.

Bien, pues ya eran dos. Ella no quería tenerlo ahí. No lo necesitaba. Aspiró con fuerza el aire y se preparó para la tormenta que se avecinaba.

Colt se detuvo al llegar a los pies de la cama y le dirigió una mirada de acero.

—Y dime —le dijo—. ¿Qué hay de nuevo?

—Robert no tenía derecho a ir a buscarte —Penny se agarró a la fina sábana verde que la cubría. Su hermano le había estado insistiendo para que fuera a contarle a Colt la verdad desde que nacieron los gemelos. Pero ella tenía sus razones para mantenerlo en secreto, y eso no había cambiado.

—Bueno, en eso te doy la razón —afirmó él con una carcajada—. Eres tú quien debería habérmelo dicho.

Sus palabras resultaban tan frías como su mirada. Sin duda estaba esperando a que ella se viniera abajo. Pues Penny se negaba a sentirse culpable por su decisión. Cuando supo que estaba embarazada, le dio vueltas y más vueltas para ver cuál era la mejor solución.

Se lo pensó durante semanas. Sí, habría sido más fácil para ella haber acudido a Colt desde el principio. Pero también podría haberse pasado los dos últimos años metida en una espiral de resentimiento, acusaciones y discusiones. Por no mencionar la batalla por la custodia, en la que ella no habría tenido ninguna posibilidad. Colt era un King, por el amor de Dios, y ella no tenía dinero ni para salir a comer a un restaurante.

Así que decidió ocultarle la verdad y no se arrepentía, porque lo había hecho por el bien de sus hijos.

Con aquel pensamiento en mente, trató de serenarse.

—Entiendo cómo te sientes, pero…

—Tú no entiendes nada —la cortó él como un cuchillo—. Acabo de enterarme de que soy padre. Tengo gemelos y nunca los he visto —Colt se agarró con fuerza al piecero de la cama y los nudillos se le pusieron blancos—. Ni siquiera sé cómo se llaman.

Penny se sonrojó. Muy bien. Sí. Podía entender cómo se sentía. Pero eso no significaba que ella hubiera hecho algo malo.

Colton no parpadeó. Seguía mirándola fijamente con aquellos ojos azules entornados como si intentara leerle el pensamiento. Gracias a Dios, no podía hacerlo.

—Los nombres, Penny. Tengo derecho a saber los nombres de mis hijos.

Penny odió aquello. Odió sentir que estaba poniendo a sus bebés en disposición de ser rechazados por un padre que en realidad no los quería. Pero tampoco podía ignorar su exigencia.

—De acuerdo. Tu hijo se llama Reid y tu hija Riley —contestó.

Colt tragó saliva antes de preguntar en voz baja.

—¿Reid y Riley qué más?

Penny supo exactamente a qué se refería.

—Se apellidan Oaks.

Colt apretó los labios y la miró como si estuviera contando hasta diez.

—Eso va a cambiar.

Penny sintió un relámpago de furia.

—¿Crees que puedes llegar como si tal cosa y cambiarles el apellido? No. No puedes irrumpir en mi vida e intentar decidir qué es lo mejor para mis hijos.

—¿Por qué diablos no? —respondió él con frialdad—. Tú tomaste esa decisión por mí hace dos años.

—Colt…

—¿Te molestaste en inscribirme como su padre en los certificados de nacimiento?

—Por supuesto que sí —los gemelos tenían derecho a saber quién era su padre. Y ella se lo habría contado… a la larga.

—Al menos eso es algo —murmuró Colt—. Haré que mis abogados se ocupen del cambio de apellido.

—¿Perdona? —Penny hizo un esfuerzo por incorporarse y sintió otra punzada de dolor en el abdomen. Se volvió a dejar caer sobre las almohadas, sin aliento.

Colt se puso al lado de la cama al instante.

—¿Estás bien? ¿Necesitas una enfermera?

—Estoy bien —mintió ella mientras el dolor comenzaba a transformarse en algo soportable—. Y no, no necesito una enfermera —necesitaba medicación para el dolor. Intimidad para poder llorar. Y una copa de vino gigante—. Lo que necesito es que te vayas.

—Eso no va a pasar —afirmó Colt.

Penny cerró los ojos y murmuró:

—Podría matar a Robert por esto.

—Sí —respondió él—. Alguien ha sido por fin sincero conmigo. Eso es un crimen.

Ella le miró. Colt la observaba como si fuera un bicho bajo el microscopio. ¿Por qué tenía que seguir siendo el hombre más guapo que había conocido? ¿Y por qué estaba teniendo la conversación que llevaba dos años temiendo metida en una cama de hospital con una bata horrible y con el pelo fatal?

–¿Cuándo te dan el alta? –le preguntó él, sacándola de sus pensamientos.

–Seguramente mañana.

–Bien –afirmó Colt–. Entonces seguiremos hablando cuando estés en casa.

–No, no lo haremos. Esta conversación ha terminado, Colt.

–Ni por asomo –le advirtió él mirándola fijamente–. Tienes muchas explicaciones que darme.

–No te debo nada –pero aquellas palabras le sonaron absurdas incluso a ella.

Le había ocultado un enorme secreto y lo había hecho deliberadamente. Nadie sabía la razón. No le había contado todo a Robert. Penny tenía sus razones para tomar la decisión que tomó.

Colt estaba enfadado y estaba en su derecho. Pero ella también tenía derecho a hacer lo que consideraba mejor para sus hijos.

–Te equivocas –le dijo él con un tono pausado que no ocultaba la furia que latía en su interior–. Vendré mañana a recogerte para llevarte a tu casa.

Y dicho aquello, salió de la habitación sin mirar atrás. Penny lo supo porque le vio marcharse y se quedó mirando el umbral vacío mucho después de que el sonido de sus pasos se hubiera desvanecido.

Capítulo Dos

No fue a ver a sus gemelos.

Todavía no estaba preparado.

Colt no quería que el primer recuerdo que tuvieran sus hijos de su padre fuera el de un hombre furioso. Así que se fue a la playa. Necesitaba quemar la rabia que tenía dentro. Pero las calmadas aguas de Laguna no iban a bastar. Necesitaba acción peligrosa, suficiente para que le subiera tanto la adrenalina que se tragara la ira.

En Newport Beach las olas superaban los nueve metros, y los surfistas inexpertos no solían ir por allí. Pero para Colt y el reducido grupo de surfistas presentes, aquel día frío de otoño el peligro era un acicate para la diversión. Tras varias horas de mar revuelto, Colt arrastró la tabla a la arena y se dejó caer sobre ella.

Se rodeó las rodillas con los brazos y se quedó mirando el mar, tratando de entender lo que había sucedido aquel día. No esperaba volver a ver jamás a Penny Oaks. Se pasó la mano por la cara y la recordó tumbada en la cama del hospital.

A pesar de la rabia, la frustración y el impacto, había sentido aquella punzada de locura sexual que asociaba únicamente a Penny.

Con sus vaqueros, camisetas y ausencia de maquillaje de cualquier tipo, Penny no era la clase de mujer que solía atraerle. Le gustaban elegantes y rápidas, sin

17

expectativas más allá de pasar un buen rato en la cama. Pero Penny no era así. Lo supo al instante. Y sin embargo, desde que la vio en la convención supo que debía hacerla suya. Una sola mirada bastó para que no pudiera pensar en otra cosa que no fueran sus largas piernas enredadas en su cintura. La boca pegada a la suya. Su respiración contra su piel.

Y lo peor era que seguía afectándole del mismo modo.

Incluso tumbada en la cama del hospital, con el largo cabello rojo oscuro rodeándole la cabeza y sus ojos verdes brillando por el dolor y el miedo, la deseaba tanto que le costó trabajo salir del hospital.

Después de lo ocurrido en Las Vegas, enterró su recuerdo y se perdió en docenas de mujeres temporales. Pero nunca consiguió borrar del todo a Penny de su mente. Y ahora había regresado con sus hijos, y Colt tenía toda la intención de formar parte de la vida de aquellos niños. Aunque, debía admitirlo, no tenía madera de padre. Sus hermanos y él tuvieron un buen modelo en ese sentido. Hasta que… La culpa se revolvió en su interior para hacerse oír, pero Colt la acalló como siempre hacía. Tenía que pensar en el ahora. Y en el futuro.

La playa estaba ya casi vacía y el atardecer estaba manchado por unas cuantas nubes rosas y naranjas. Las olas rompían sin cesar en la orilla. Colt pensó de nuevo en Penny y en los gemelos. Sabía que eran suyos sin necesidad de hacerse la prueba de paternidad, aunque se la haría de todos modos. Penny no era ninguna mentirosa, y el hecho de que tuviera tanto miedo a que Colt se enterara de que era padre hacía que no le cupiera la menor duda. Y era normal que tuviera miedo, se dijo. Porque las cosas iban a cambiar para ella.

Colton King haría todo lo que fuera necesario para asegurarse de que a sus hijos no les faltaba de nada.

Tal vez se le hubiera olvidado ir.

Penny se rio en silencio ante la idea. Colton King podía parecer un aventurero salvaje e indomable, y lo era. Pero también era un hombre de negocios brillante que nunca olvidaba un detalle. Pero entonces, ¿por qué no apareció en el hospital aquella mañana como había prometido? Penny se había pasado la noche en blanco preocupándose por lo que le diría cuando entrara. Y todo para nada.

Se pasó todo el día nerviosa esperando a que apareciera. Y no lo hizo. Lo que no entendía era por qué se sentía irritada cuando lo que en realidad quería era que se mantuviera alejado.

Pero lo que sentía por Colton King siempre le había resultado muy confuso. Aquella única semana con él había alimentado sus sueños y sus fantasías durante meses, incluso cuando estaba embarazada y no sabía nada de él. Pero cada mañana se despertaba en una realidad en la que no existían los finales felices.

—Y harás bien en no olvidarlo —murmuró para sus adentros mirando con rabia el umbral vacío de la puerta.

Media hora antes había llegado el médico para que firmara los papeles del alta. Pero todavía no había aparecido ningún celador con una silla de ruedas para sacarla de allí. Y cada segundo que pasaba había más posibilidades de que Colt decidiera aparecer por fin.

Lo que la llevó a preguntarse de nuevo por qué no había ido. Tal vez había cambiado de opinión y había decidido ignorar a sus hijos.

Pero no tendría tanta suerte, y Penny lo sabía. Una cosa tenía clara respecto a los King de California: la familia lo era todo para ellos.

Colt le había contado muchas historias sobre sus hermanos, primos y sobrinos durante el breve periodo que estuvieron juntos. Le describió maravillosas imágenes de reuniones familiares, bodas y bautizos, y Penny sintió celos de la profundidad de sus relaciones familiares.

Ella no sabía nada sobre familias numerosas. Lo único que había tenido en el mundo era a su hermano pequeño, y durante años estuvieron solos, unidos frente al resto. De hecho ni siquiera tenía vida social hasta que conoció a Colton King y le entregó su corazón. No es que hubiera sido virgen, pero los dos encuentros que tuvo antes de Colt la dejaron convencida de que todas las mujeres del mundo mentían cuando hablaban de esos orgasmos explosivos como terremotos.

Lo que podía explicar que hubiera caído tan profunda y rápidamente rendida ante Colt. Con él había visto las estrellas. Sintió cosas que no se creía capaz de sentir. La hizo sentirse bella, sexy y deseable. Estaba tan arrebatada que sin duda confundió el deseo con el amor.

Y eso la había llevado a un matrimonio que no duró ni veinticuatro horas.

Penny giró la cabeza y miró por la ventana hacia la franja de cielo azul que se veía tras un viejo olmo. Las hojas caían y se dejaban arrastrar por el viento, y ella deseó poder sentirlo en la cara. Tal vez eso la ayudara a despejar la mente.

Porque en lo único que podía pensar ahora era en la última mañana que pasó con Colt. El día que se despertó como recién casada y diez minutos después se convirtió en pasado.

Durante toda la semana habían pasado la mayor parte del tiempo en la cama, abrazados, con el resto del mundo fuera de la burbuja de pasión que habían creado. La última noche de la convención se casaron y pasaron horas haciendo el amor, incapaces de mantener las manos alejadas el uno del otro.

Pero a la mañana siguiente, con los primeros y débiles rayos del sol abriéndose paso en el cielo, Penny abrió los ojos y se encontró con Colt al lado de la cama. Estaba vestido, arreglado y con expresión adusta. A ella le dio un vuelco al corazón cuando le escuchó hablar.

—Yo no soy de los que se casan, Penny —Colt se pasó la mano por el pelo y dejó escapar un suspiro desesperado antes de continuar—. Lo de anoche fue un error. No quiero tener esposa. No quiero hijos. La casita rodeada por una valla y el perro me producen urticaria. Esta semana ha sido estupenda y el sexo, genial, pero eso es lo único que compartimos.

Cuando Penny trató de hablar, él se lo impidió agitando una mano.

—Le diré a mi abogado que se ocupe del divorcio —Colt se colocó la bolsa de viaje al hombro y la miró por última vez—. Es lo mejor para los dos. Le diré que te envíe los papeles. Adiós, Penny.

Y se marchó.

Como si aquella increíble semana que habían pasado juntos no hubiera existido. Como si Colt no hubiera pasado cada segundo recorriendo todas las esquinas de su cuerpo. Como si todo aquello no fuera... nada.

—¿Lista para marcharte? —un celador entró en la habitación empujando una silla de ruedas.

Penny tendría que estar contenta, pero aquel corto recorrido por el camino del recuerdo la había dejado alterada. Iba a dejar el ambiente seguro del hospital para volver a su casa, en la que Colton terminaría por aparecer, y no le quedaba tiempo para esconderse ni para huir.

Pero entonces recordó la escena del hotel de Las Vegas de nuevo y estiró instintivamente los hombros. ¿Por qué tendría que huir? Ella no había hecho nada malo. Solo había protegido a sus hijos del mismo dolor que ella había experimentado. No se quedaría quieta viendo cómo se les rompía el corazón cuando su padre se alejara de ellos sin mirar atrás.

–Sí –dijo levantando la barbilla, preparada para la batalla que se avecinaba–. Estoy lista.

El celador la llevó por el pasillo hasta el ascensor, y de allí al vestíbulo de entrada. Cuando pasaron frente al despacho de administración, Penny giró la cabeza y miró al celador.

–Lo siento, pero todavía tengo que pasar a pagar las…

–Tu marido ya se ha ocupado de eso –afirmó el celador.

Penny sintió un escalofrío. Colt le había pagado la cuenta del hospital. Había entrado allí y había impuesto su voluntad, como siempre hacía. No se habría parado a considerar que ella no quisiera su ayuda.

Se revolvió incómoda en la silla. Para ella, el pago de aquella factura era otro vínculo más con Colt. Un vínculo que no quería.

El celador sacó la silla fuera y la primera bocanada de aire fresco y salado mejoró ostensiblemente el humor de Penny. Hasta que lo vio.

Colt estaba apoyado en un todoterreno negro de lujo con los brazos cruzados sobre el pecho y un pie encima del otro. Parecía relajado, natural, con sus botas, vaqueros y camisa roja. Unas gafas de sol le cubrían los maravillosos ojos azules y el viento le agitaba el pelo.

Estaba impresionante. Penny tragó saliva para controlar los nervios, compuso una sonrisa falsa y se preparó para la actuación de su vida.

—Ya está lista para irse a casa —dijo el celador cuando Colt se acercó a ellos.

—Gracias —Colt pasó la mano por debajo del brazo de Penny y la ayudó a levantarse.

Como le temblaban las rodillas en aquel momento, agradeció la ayuda, aunque fuera él el culpable de aquel temblor.

Se puso el cinturón de seguridad una vez acomodada en el cómodo asiento de cuero. Colt se puso tras el volante, dejó la bolsa de Penny en la parte de atrás y arrancó el motor. Se puso el cinturón y ajustó los retrovisores sin mirarla directamente ni una vez. Penny no pudo seguir soportándolo.

—¿Por qué estás aquí?

Colt la miró brevemente.

—Para llevarte a casa.

—Se supone que iba a hacerlo Robert. Tienes que dejar de interferir en mi vida.

—No. No tengo que hacerlo.

Colt enfiló el coche hacia la autopista del Pacífico. El sol brillaba sobre la superficie del mar y a Penny le picaban los ojos. Por eso quería llorar, no por la sensación de indefensión que crecía dentro de ella.

—Estás muy callada —comentó él—. No te recordaba así.

—La gente cambia.

—Normalmente no –afirmó Colt–. La gente es como es. Pero las situaciones… esas sí cambian.

«Allá vamos», pensó Penny.

—Tendrías que habérmelo contado –dijo él con tirantez.

Ella se arriesgó a mirarle de reojo.

—Tú no querías saberlo –dijo.

—No recuerdo que me dieras opción.

—Qué curioso –murmuró Penny mientras surgía el recuerdo de su última mañana juntos–. Yo sí lo recuerdo.

—No sé de qué diablos estás hablando.

¿Cómo podía haberlo olvidado? Colt tomó su decisión mucho antes incluso de que se conocieran. Pero aquella última mañana lo había compartido con ella. Si cerraba los ojos, todavía podía ver su rostro, escuchar su voz y, finalmente, el sonido decreciente de sus pasos mientras se alejaba de su vida.

—Quiero saberlo todo, Penny –Colt se detuvo en un semáforo en rojo y la miró con dureza–. Todo lo que ha ocurrido estos últimos dieciocho meses. Y puedes empezar diciéndome por qué pensaste que era una buena idea ocultarme a mis hijos.

El semáforo se puso en verde y avanzaron. Colt volvió a mirar a la carretera.

—Tenía mis motivos.

—Estoy deseando oírlos –le aseguró él.

Fuera del coche hacía un día otoñal típico del sur de California. Brillaba el sol y habría unos dieciocho grados. Sin embargo, dentro del coche el día era ártico. A Penny no le habría sorprendido ver hielo en el salpicadero. Colt se congelaba cuando estaba furioso. Ella lo había visto con sus propios ojos en la convención en la que se conocieron.

El tercer día que estuvieron juntos, Penny estaba en su caseta intentando captar clientes para su negocio de fotografía deportiva. Un hombre borracho apareció en la sala procedente del casino, se acercó a su caseta e intentó convencerla para que le diera un beso. Los clientes potenciales se marcharon.

Penny pudo manejarle hasta que intentó agarrarla. Antes de que pudiera ocuparse de la situación, Colt apareció a su lado. Una rabia helada le salía por los ojos. Agarró al borracho por el cuello de la camisa y lo arrastró por el suelo. Cuando volvió a su lado ya no estaba furioso, pero su mirada reflejaba preocupación. Penny recordaba que se había sentido cuidada. Protegida.

Había acudido en su rescate y la había tratado como si estuviera hecha de cristal en lugar de considerarla como la mujer independiente que era. Y Penny había disfrutado cada minuto.

Colt era tierno, excitante y sexy a la vez. No era de extrañar que se hubiera enamorado de él, se dijo. Ninguna mujer del mundo hubiera sido capaz de resistirse a Colton King. Aquella semana a su lado había sido la más mágica de su vida. Se había enamorado completamente de Colt en el espacio de unos pocos días. Incuso se casó con él en una capilla destartalada y tierna diciéndose a sí misma que así debía ser. Se dejó llevar por sueños y fantasías y se dejó arrastrar por la marea del sexo más increíble que había experimentado creyendo que todo saldría bien.

Hasta que el mundo se le vino encima y la realidad le dio un mordisco en el corazón. Y ahora esa misma fría realidad volvía a atacarla. Pero esta vez no se permitiría mostrarle a Colt su vulnerabilidad. Esta vez no cometería el error de pensar que un hombre que demostraba tanta pasión en la cama debía sentir algo por ella. Esta vez estaba preparada para Colton King.

–No ibas a contármelo nunca, ¿verdad?

–No –respondió Penny sin molestarse en darle su lista de razones. Eso no cambiaría nada. A Colt no le importaba la razón, solo el hecho de que no se lo hubiera dicho.

–Bueno, pues ahora ya lo sé.

–Eso no cambia nada, Colt –afirmó ella girándose para mirar su elegante perfil.

–Lo cambia todo y tú lo sabes –respondió él con la misma tirantez con la que estaba agarrando el volante–. Tendrías que habérmelo dicho. No tenías derecho a mantener a mis hijos lejos de mí.

–¿Derecho? –Penny se lo quedó mirando mientras la humillación de la última vez que estuvieron juntos se apoderaba de ella–. Tenía todo el derecho del mundo a hacer lo que consideraba apropiado para proteger a mis hijos.

–¿De su padre?

–De cualquiera que pudiera hacerles daño.

Las facciones de Colt se endurecieron.

–¿Crees que yo les haría daño?

–Físicamente no, por supuesto –le espetó él–. Pero fuiste tú quien se marchó, ¿recuerdas? Fuiste tú quien dijo que no quería volver a saber nada de mí, que la semana que pasamos juntos fue «divertida» pero que ya había terminado. Y además añadiste que la idea de tener hijos te producía urticaria. ¿Te suena algo de lo que te estoy diciendo?

—Todo —reconoció Colt—. Pero yo no sabía que estabas embarazada, ¿verdad?

—Yo tampoco.

—Ya, pero lo supiste poco después y no me lo dijiste.

—No era asunto tuyo.

Colt se rio sin asomo alguno de humor.

—No era asunto mío. Tengo dos hijos y no son asunto mío.

—Yo tengo dos hijos. Tú no tienes nada.

—Si eso es lo que realmente crees, te vas a llevar una sorpresa.

Giró por la calle que llevaba a casa de Penny y ella frunció el ceño.

—¿Cómo sabes dónde vivo?

—Es increíble todo lo que se puede averiguar cuando uno está motivado —Colt la miró antes de volver a clavar la vista en la calle rodeada de árboles que tenía delante—. Sé que tu negocio va muy despacio. Cambiaste la fotografía deportiva por los bebés. Una elección interesante. Sé que no tienes seguro médico. Y sé que vives en la cabaña de tu abuela en Laguna.

Colt hizo una breve pausa para tomar aire antes de seguir.

—Tu hermano está prometido con Maria Estrada y es médico residente en el hospital de Huntington Beach. Vives de la tarjeta de crédito y tu coche tiene quince años —la miró de reojo—. ¿Me he saltado algo?

No, lo cierto era que no. A Penny le preocupó qué más podría haber encontrado. Había rascado la superficie de su vida, pero, ¿habría escarbado más en profundidad?

—No tienes derecho a espiarme, Colt —no le gustaba la idea de que su pasado saliera a la luz y él se enterara–. Solo pasamos una semana juntos hace casi dos años.

–Y al parecer hicimos dos bebés –añadió él. Detuvo el coche delante de su casa y apagó el motor. Se giró para mirarla y sus ojos parecían dos témpanos de hielo–. Eso me da derecho a muchas cosas. No voy a irme a ningún sitio, Penny. Hazte a la idea.

Para evitar mirarle, Penny dirigió la vista hacia la casa que tanto amaba. Era una cabaña pequeña fabricada con vigas de madera y estuco que tenía un bonito porche rodeado de flores.

–¿Qué quieres exactamente, Colt? –le preguntó en un susurro.

–Es muy sencillo –aseguró él encogiéndose de hombros–. Quiero lo que es mío.

Penny sintió como si un puño frío le estrujara el corazón cuando Colt salió del coche, cerró la puerta y se acercó a su lado. ¿Lo que era suyo? Se estaba refiriendo a sus bebés. El miedo se apoderó de ella y le costó trabajo respirar. Le miró a través de la ventanilla, y cuando Colt abrió la puerta para ayudarla a salir le miró a los ojos y dijo:

–No puedes tenerlos.

Capítulo Tres

—No puedes tener a mis hijos, Colt —le repitió en un tono más alto—. No te lo permitiré.

—No puedes impedírmelo —afirmó él con rotundidad.

Colton había pensado mucho en las últimas veinticuatro horas y había llegado a una conclusión. Si los niños eran suyos, no se quedaría fuera. Y aunque ya había programado una prueba de paternidad, en el fondo sabía que no hacía falta. Penny solo había estado con otros dos hombres antes de estar con él. Y nunca intentaría hacerle creer que sus hijos eran suyos siendo de otro. Su dulce decencia era una de las razones por las que había salido huyendo de ella tan deprisa.

Colt no tenía interés en estar con una mujer que tenía el romanticismo escrito en los ojos y planes de futuro en el corazón. Él vivía para el momento presente.

Y prefería a las mujeres que solo buscaban una relación temporal. Buen sexo, unas cuantas risas y una salida fácil.

Pero no había nada de fácil en Penny Oaks.

Colton vio el chispazo de fuego en sus ojos y supo que no se rendiría con facilidad. Pero era él quien había vivido en la oscuridad durante casi dos años. No, no quería casarse. Nunca pensó en ser padre, pero ahora era padre y las cosas habían cambiado.

Y más todavía que iban a cambiar, pensó.

–Tú no quieres a los gemelos –dijo Penny en voz baja con la mirada clavada en la suya–. Tú solo quieres hacerme daño.

¿Hacerle daño? Lo que quería hacer en aquel momento era besarla hasta que ambos se quedaran sin respiración. Quería sacarla del coche, pegarse a ella y poder sentir las curvas que tan bien recordaba. En medio de la ira, la frustración y la confusión, el deseo era claro y simple.

–No tengo ningún interés en hacerte daño, pero quiero respuestas –Colt puso una mano en el techo del coche y se inclinó sobre ella–. Y tú no quieres desafiarme, Penny. Yo siempre gano.

–¿Ganar? –Penny estaba boquiabierta–. Esto no es un juego, Colt. Estamos hablando de dos bebés.

–Mis bebés –le corrigió él sintiendo un tirón en el pecho al pronunciar aquellas palabras.

Desde el día anterior no había pensado más que en la bomba que habían arrojado en medio de su mundo. Todo a su alrededor se había desmoronado, como si la maldición que le perseguía en su vida se hubiera convertido de pronto en una montaña rusa.

Había dos niños que se merecían un padre. Tenían la mala suerte de que les hubiera tocado él en la lotería genética. No podría darles estabilidad. Un hombre con el que se pudiera contar. Todo lo que él había tenido de niño. Pero haría todo lo que pudiera porque se lo debía.

–¿Qué estás haciendo, Colt? –Penny le miraba con dolor y recelo.

–Lo que tengo que hacer –murmuró él negándose a dejarse afectar por las emociones que veía en su rostro.

Lo que tenía que recordar era que Penny le había ocultado la existencia de sus hijos. Y eso que siempre la había considerado una mujer sincera, pensó. Pero nunca había hecho ningún esfuerzo por ponerse en contacto con él. No le había pedido dinero. No había ido a la prensa a vender su historia para conseguir dinero rápido. De hecho había hecho todo lo posible para no contarle lo de los gemelos. No había contado con él para ninguna de las decisiones que había tomado en los dos últimos años.

Bien, pues todo aquello iba a cambiar. Tal vez Penny no estuviera interesada en el apellido King. Quizá no sintiera ningún deseo de que Colt formara parte de su mundo. Pero estaba a punto de averiguar lo que era contar con un King en la foto familiar.

—Tenemos que hablar —murmuró en voz baja sin apartar los ojos de los suyos—. La pregunta es, ¿quieres que lo hagamos ahora, con tu hermano mirándonos desde la ventana?

Penny se giró hacia la casa y contuvo el aliento. Colt había visto a Robert en cuanto aparcó delante de la cabaña. El hombre parecía tan irritado como el día anterior. Pero al menos ahora Colt entendía la razón.

—¿O quieres que entremos y hablemos de esto en privado? Tú eliges.

Transcurrieron un par de segundos tensos.

—Muy bien —gruñó Penny quitándose el cinturón de seguridad y poniendo un gesto de dolor al intentar salir del coche—. Pero esto no ha terminado.

—Eso tenlo claro —afirmó Colt sintiendo una punzada de empatía mezclada con preocupación al verla intentar moverse con un dolor que al parecer no estaba dispuesta a admitir.

Molesto por su obcecado afán de independencia a pesar del dolor, entró en el coche y la sacó en brazos.

Tendría que haberla dejado en el suelo al instante, por supuesto, pero se fijó en que estaba tan pálida que las pecas que le cubrían la nariz y las mejillas brillaban como copos de oro sobre la nieve.

–Ya puedes dejarme en el sueño –dijo ella alzando la barbilla para mirarle.

Pero Colt no quería. Le gustaba tenerla en brazos acurrucada contra su pecho, y esa sensación le preocupó. Al menos con el deseo sí sabía cómo manejarse.

–Soy perfectamente capaz de caminar.

–Seguro que sí –Colt sacudió la cabeza y la miró. Su cuerpo sintió una punzada de deseo–. Y tardarás veinte minutos en llegar a la puerta. Esto es más rápido.

Penny compuso una mueca, pero Colt no le prestó ninguna atención. Le costaba trabajo centrarse en su irritación cuando cada centímetro de su cuerpo estaba reaccionando a su cercanía. Abrazarla despertaba en él sentimientos que tendría que haber enterrado al instante. Pero era demasiado tarde. Los vaqueros y la camiseta estaban desgastados y resultaban suaves. Las curvas de Penny se ajustaban con facilidad a su cuerpo, y cada vez que ella respiraba alimentaba el fuego que ya le consumía.

–Tú quédate quieta, ¿de acuerdo? –sacudiendo la cabeza, sin saber si estaba enfadado con ella o con su propia reacción, Colt subió los escalones de la cabaña.

Robert abrió la puerta y Colt cruzó el porche para entrar en la casa.

Su primera impresión fue que se había construido para gente muy bajita. Parecía una casa de muñecas. Mona, pero imposible moverse en ella. Tuvo que agachar la cabeza para esquivar una viga baja que separaba la entrada del salón tamaño sello de correos.

—¿Estás bien, Penny? —preguntó Robert cuando Colt la dejó suavemente en el sofá.

—Está perfectamente —respondió Colt por ella—. No suelo pegar a las mujeres.

—¿Se supone que eso es gracioso? —le espetó el otro hombre.

—La verdad es que no —respondió Colton—. No hay nada de gracioso en esta situación.

—Estoy bien —aseguró Penny lanzándole a Colt una mirada asesina para indicarle que podía hablar por sí misma—. ¿Cómo están los gemelos?

Robert miró hacia el pasillo que tenían detrás.

—Están durmiendo. Les llevamos a dar un largo paseo y se quedaron fritos. Maria está con ellos.

—Bien —los labios de Penny se curvaron en una sonrisa—. Muchas gracias por cuidarlos. Estoy deseando verlos.

—Yo también —Colt miró a Robert y luego otra vez a Penny y tuvo la satisfacción de verla revolverse incómoda.

—Para que lo sepas —le dijo Robert—, desde el principio la presioné para que te lo contara.

—Lástima que no tuvieras éxito.

—Penny es demasiado orgullosa para su propio bien —arguyó Robert—. Cuando toma una decisión no puedes sacarla de ahí ni con dinamita —miró a su hermana—. Y no es que me gustara ir a contarte la verdad a sus espaldas, pero me cansé de verla luchar cuando no tendría por qué hacerlo.

—Lo entiendo. Y recuerdo lo obstinada que es —de hecho recordaba muchas cosas de la semana que habían pasado juntos. Recordaba su risa, recordaba la sensación de su cuerpo contra el suyo en mitad de la noche. El sabor de su boca, el olor de su piel. Y recordaba las promesas que brillaban en sus ojos verdes.

Todo eso le había asustado, sencillamente. Ninguna otra mujer se había acercado nunca tanto a él. Ninguna mujer le había apasionado tanto como para pedirle matrimonio.

Y el recuerdo de ninguna otra mujer se había quedado con él como el suyo.

Dios sabía que había intentado enterrar su memoria, pero no lo consiguió. Podía estar al otro lado del mundo, explorando alguna nueva aventura, cuando de pronto escuchaba una risa femenina y se giraba para buscar el rostro de Penny entre la gente. Tenía sueños tan claros, tan reales, que se despertaba esperando encontrase con ella tumbada a su lado.

Eso era lo que Penny le había hecho. Una semana con ella había puesto en peligro toda su vida. Por supuesto que tuvo que dejarla.

—Si lo recuerdas, ya sabes lo que es intentar discutir con ella —dijo Robert.

—No tengo intención de discutir —Colt miró a Penny y vio que los ojos le echaban chispas—. Solo voy a decirle cómo van a ser las cosas.

—Esto ya no es mi problema —Robert alzó las manos en gesto de gratitud por poder librarse de la responsabilidad de preocuparse por su hermana—. Buena suerte —dijo mirando a Colt.

—No la necesito —lo único que necesitaba Colt era una ducha fría y la posibilidad de dejarle unas cuantas cosas claras a la madre de sus hijos.

Una joven guapa de pelo oscuro y ojos marrones entró en el salón, pasó por delante de Robert y de Colt y se sentó en la mesita auxiliar frente a Penny.

—Los gemelos están bien –dijo tomándole la mano–. Están dormidos, y ya les hemos dado la cena. Sé que es un poco pronto, pero con suerte dormirán toda la noche y te dejarán descansar un poco.

—Gracias, Maria. Os agradezco mucho la ayuda.

—Os la agradecemos los dos –dijo Colton.

La joven levantó finalmente la mirada hacia él. En sus ojos no había ninguna calidez.

—Por supuesto que tenemos que ayudar –afirmó con frialdad–. Penny no tiene a nadie más.

—Maria… –Robert suspiró.

Colt sacudió la cabeza y alzó una mano para interrumpir a Robert. Ahora sabía dos cosas nuevas respecto a Penny. Que su hermano pequeño estaba dispuesto a usar los puños para defenderla y que su amiga Maria era su aliado más fiel. Pero más les valía a los tres acostumbrarse a cómo iban a ser las cosas ahora.

—Ahora sí tiene a alguien más.

—Eso ya lo veremos, ¿verdad? –Maria volvió a mirar a Penny–. Llámame si necesitas cualquier cosa. Puedo estar aquí en diez minutos.

Penny se rio en voz baja.

—Lo haré, te lo prometo.

—Bien –Maria asintió, se inclinó hacia delante y le dio un beso a Penny en la mejilla–. Nos vamos. Seguro que vosotros dos tenéis mucho de que hablar.

—No hace falta que os vayáis tan rápido.

—Sí hace falta –arguyó Colt.

Penny le miró con dureza. No era un buen augurio para la conversación que iban a tener.

—De acuerdo –Robert tomó la mano de Maria para ayudarla a levantarse de la esquina de la mesa–. Ya sabes, si necesitas algo, llama.

Y entonces se quedaron solos. Colton no sabía ni por dónde empezar. Había muchas cosas que quería saber y otras que necesitaba saber. Como por qué molestarse en comprar y utilizar preservativos si al parecer no funcionaban. Una pregunta existencial que exploraría más adelante.

Pero en aquel momento no se le ocurría nada que decir. Se quedó mirando a la mujer con la que se había casado y de la que se había divorciado en el espacio de una semana y trató de no fijarse en lo vulnerable que parecía. Resultaba difícil enzarzarse en una discusión cuando la mujer acababa de salir del hospital.

Hospital.

Aquella palabra conjuraba viejas imágenes que amenazaban con ahogarle. Había prometido que iría aquella mañana a la habitación de Penny, pero no fue capaz de hacerlo. No fue capaz de volver a entrar en aquel edificio, en aquel lugar cargado de miedo, de tristeza y de recuerdos que Colt sentía a su alrededor, asfixiándole. Su mente estaba abriendo la puerta a la oscuridad que se ocultaba en su pasado. Sombras que salían y le cubrían todo el cuerpo como una pintura negra que lo cubría todo a su paso.

Alterado hasta la médula, Colt se agarró a la furia que podía ser su salvación. Si era capaz de centrarse en la situación que tenía delante y dejar el pasado atrás, saldría de aquella. Lo había hecho muchas veces antes.

—¿Estás bien?

—¿Qué? —Colt regresó del enredo de sus pensamientos—. Sí. Perfectamente.

Penny no parecía convencida, pero a él no le importó. El verdadero problema era que todavía se sentía atraído por ella. Todavía sentía el tirón magnético que había experimentado tiempo atrás. ¿Por qué diablos le pasaba?

—¿Tienes hambre? —le preguntó de pronto para cambiar de tema.

—Enseguida preparo algo —dijo ella incorporándose en el sofá.

—Yo lo haré —Colt casi se echó a reír al ver su mirada de sorpresa. Vivía solo desde hacía mucho tiempo, y aunque tenía una asistenta, nunca quiso contratar una cocinera. No pasaba el tiempo suficiente en casa—. No soy un inútil en la cocina.

—No fue eso lo que dijiste… —murmuró ella.

—¿Qué?

Penny sacudió la cabeza y se quedó mirando el techo cruzado por vigas de madera.

—La semana que estuvimos juntos me dijiste que tu gemelo y tú quemasteis una vez la cocina de tu tía al intentar hacer una tostada.

Colt frunció el ceño. No recordaba haberle contado aquello, y saber que lo había hecho le confundía. No solía compartir cosas de su vida con las mujeres… ni con nadie. No quería cercanía y no ansiaba lo que las mujeres siempre parecían anhelar: que las almas se desnudaran. ¿Quién diablos quería tener el alma desnuda?

Sonrió con tirantez.

—Ha pasado mucho tiempo desde el incendio de la cocina. No se me dan mal el pollo ni la pasta, aunque tampoco soy un gran chef. Pero soy buenísimo encargando comida por teléfono.

Penny se rio un poco y al instante compuso una mueca de dolor. Colt sintió una punzada en respuesta. Pero habló sin ningún asomo de simpatía.

—Mira, Colt, sé que tenemos que hablar, pero esta noche estoy demasiado cansada para lidiar contigo –suspiró–. ¿Por qué no te vas a casa y hablamos dentro de un par de días?

—¿Irme a casa? –repitió él sin dar crédito a que lo hubiera siquiera sugerido. Estaba allí y no pensaba irse. Al menos por el momento–. ¿Y quién se ocupa de los gemelos mientras tú estás sentada en el sofá mordiéndote el labio?

Penny le lanzó una mirada asesina.

—Puedo arreglármelas. Siempre lo hago.

—No –le corrigió él–. Siempre lo hacías en el pasado. Ahora no es una opción.

—Tú no mandas aquí, Colt.

Colt se acercó, se puso de cuclillas frente al sofá y dijo:

—Por mucho que odies la idea, me necesitas. Qué diablos, hasta he tenido que traerte en brazos.

—Podría haber caminado.

—¿Qué es lo que te molesta, necesitar ayuda o necesitarme a mí? –le preguntó él.

—Te equivocas, Colt. No te necesito. De acuerdo, tal vez necesite un poco de ayuda, pero no te necesito a ti.

Colt se incorporó y se cernió sobre ella, obligándola a mantener la cabeza hacia atrás para poder mirarle a los ojos.

—Pues es una lástima, porque no voy a ir a ninguna parte hasta que este lío se arregle.

Ella dejó escapar un suspiro de frustración.

—¿No tienes ninguna montaña que escalar? ¿Ningún edificio desde el que lanzarte?

Imágenes del Etna y Sicilia cruzaron por la mente de Colt. Pero las dejó ir.

—Hay tiempo de sobra para eso. Ahora mismo, la única aventura que tengo a la vista eres tú.

—Genial —Penny se inclinó hacia delante, apoyó una mano en el brazo del sofá y dejó escapar el aire entre los dientes.

—¿Qué estás haciendo?

Ella le lanzó una mirada de pura irritación.

—Voy a ir a ver a los gemelos. Y luego a cambiarme de ropa. Ponerme algo menos ceñido que los vaqueros.

Sinceramente, Colt hubiera preferido que llevara algo más ceñido. Como una armadura con cinturón de castidad. Pero como eso no iba a suceder, aspiró con fuerza el aire y contuvo sus alocados pensamientos. Lo que tenía que hacer era centrarse en su furia, se dijo con firmeza. Recordar que Penny le había mentido. Que le había ocultado la existencia de sus hijos.

—De acuerdo, vamos.

Ella se detuvo un instante y le miró.

—Puedo hacerlo sola.

—Seguro que sí. Eres una superheroína —la ayudó a ponerse de pie—. Así que hazme un favor. Deja de luchar contra esto. Finge que necesitas mi ayuda. Hazme sentir un hombre.

Penny se rio sin ganas.

—Como si necesitaras ayuda para eso.

—Me lo tomaré como un cumplido —dijo Colt siguiéndola por el pasillo.

—Tampoco necesitas cumplidos.

—Qué dura eres —dijo él. Le había hecho gracia a pesar de la conversación.

Como iba detrás de ella, deslizó la mirada hacia la curva de su trasero, definido por los vaqueros desgastados que se la ajustaban al cuerpo como una segunda piel. El cuerpo de Colt volvió a cobrar vida y apretó los dientes.

Penny caminaba despacio, y podía sentir el dolor que acompañaba a cada movimiento. Pero aquello no pareció detener los pensamientos sexuales que se le cruzaban por la mente. Una parte de él admiraba su voluntad de acero para seguir adelante a pesar del dolor. Se negaba de rendirse y a lamentarse.

La vio acercarse lentamente a una puerta cerrada que había al final del pasillo y girar el picaporte sin hacer ningún ruido al entrar. Colt vaciló. Sabía que sus hijos estaban allí. Se sintió desbordado por las emociones cuando Penny se giró para mirarle con gesto interrogante.

Sabía que estaba esperando que la siguiera y viera a los gemelos dormidos. Pero Colt no estaba interesado en ver a sus hijos por primera vez con público delante. Podía esperar un poco más para conocer a los bebés que lo habían llevado hasta allí. Y lo haría cuando él quisiera.

Se dio cuenta sobresaltado de que estaba nervioso. No podía recordar cuándo fue la última vez que sintió los nervios recorriéndole el cuerpo. Colt se había enfrentado a volcanes, a olas asesinas, a paracaídas que no abrían y a esquís rotos en la montaña. Pero la idea de conocer a sus hijos le producía el deseo de huir hacia una puerta abierta como si quisiera escapar de un foso.

Así que esperó mientras ella les colocaba las mantas y murmuraba palabras cariñosas de consuelo y de amor. A Colt le costaba trabajo respirar, y reconoció el nudo que se había formado dentro de él. No eran nervios. Era lo mismo que sentía cada vez que estaba en la cima de una montaña o saltaba desde un acantilado. Era el subidón de adrenalina que le hacía saber que estaba vivo. Que estaba a punto de arriesgarlo todo. A punto de jugarse la vida.

–¿Colt?

Penny había salido al pasillo. La puerta del cuarto de los niños estaba cerrada y ella le miraba. Colt miró aquellos ojos verdes que nunca había sido capaz de olvidar del todo.

–¿Sí?

–Pensé que querrías ver a los gemelos…

–Y quiero –aseguró él poniendo freno a las descontroladas sensaciones que le atravesaban–. Más tarde.

–De acuerdo –Penny pasó por delante de él despacio y se dirigió al final del pasillo, hacia otra puerta cerrada. Giró la cabeza y dijo a regañadientes:– tenías razón antes. Creo que voy a necesitar tu ayuda para quitarme la ropa.

En circunstancias diferentes, desnudarla habría sido la prioridad de Colt. Pero las cosas eran distintas ahora. No eran amantes. Eran… ¿qué? ¿Enemigos? Tal vez. Desde luego, amigos no eran. Ex con niños. Miró a Penny y vio angustia en sus ojos, no era difícil saber por qué. No tendría que haberle resultado fácil admitir que necesitaba ayuda. Y menos de él. En aquel momento las cosas entre ellos estaban muy tirantes, se palpaba la tensión en el ambiente.

Y no era solo la situación con los gemelos lo que les tenía así. Era la química sexual que seguía bullendo entre ellos.

–Muy bien –dijo Colt asintiendo.

La cabeza le daba vueltas, tenía demasiados pensamientos que poner en orden. Y así era mejor. Si alimentaba la rabia podría ignorar la oleada de deseo que latía en su interior. Siguió a Penny al dormitorio y se tomó un segundo o dos para mirar a su alrededor. Había una cama grande, dos mesillas de noche y una cómoda alta. De las paredes colgaban fotos enmarcadas de la playa, parques y dos bebés sonrientes.

Eran guapísimos. Los dos. El corazón le dio un repentino vuelco. Sus hijos. Sí, se iba a hacer la prueba de paternidad, pero mirar aquellas dos caras supo que eran suyos. Se parecían a él. Los dos tenían el pelo negro de los King y los ojos azules, y también sus facciones en miniatura.

—Se parecen a ti —murmuró Penny.

A Colt se le formó un nudo en la garganta y sintió el latido del corazón en los oídos. Mantuvo la mirada fija en las fotos. Al parecer finalmente iba a ver a sus hijos con público delante después de todo.

—¿Cuándo tomaste estas fotos?

—Hace dos semanas —respondió ella—. Fuimos al parque, por eso Reid tiene arena en la cara. Intenta comerse todo lo que encuentra.

Una sonrisa asomó a labios de Colt cuando miró el rostro travieso de su hijo. La chispa de sus ojos reflejaba que le gustaba meterse en líos. Y su hermana también tenía un brillo especial, pensó Colt. Sus hijos. Y no los conocía. Nunca los había oído. Nunca los había abrazado. El corazón le dio otro vuelco e hizo un esfuerzo por apartar la vista de las fotos y mirar a la mujer que estaba sentada en la esquina de la cama.

—Me engañaste, Penny —murmuró entre dientes al mismo tiempo que una nueva oleada de furia le atravesaba—. Nadie engaña a un King y se va de rositas.

Capítulo Cuatro

—¿Engañarte? —repitió ella con los ojos verdes brillándole—. Tú te fuiste, Colt. Te engañaste a ti mismo. Te alejaste de los niños, de lo que podríamos haber tenido.

Colt sacudió la cabeza, dio un paso atrás y trató de mantener un tono de voz bajo a pesar de la rabia que sentía dentro. Ver a sus hijos en la pared, darse cuenta de lo mucho que ya se había perdido de sus vidas, había alimentado el fuego de su rabia.

—Sí, me alejé. De un matrimonio que era un error —murmuró. El pasado surgió al instante, pero no quiso mirarlo. Se negaba a recordar el dolor y la conmoción que vio en sus ojos cuando la dejó.

—No duró lo suficiente para poder se clasificado como un error —respondió Penny.

En eso tenía razón. Colt se pasó las manos por el pelo. Había repasado un millón de veces su decisión de casarse tan repentinamente, y seguía sin explicarse por qué lo había hecho. Pero en aquel momento salvaje en la capilla había sentido que quería estar con ella para siempre.

El «para siempre» había durado unas diez horas.

Finalmente amaneció, liberándole de la neblina de pasión inducida en la que estaba inmerso. Con la luz de la mañana, recordó que el «para siempre» no existía. Que el matrimonio no entraba en sus planes a pesar de lo bien que se entendían Penny y él en la cama.

En aquel momento creyó que marcharse era lo correcto. Y seguía creyéndolo. Pero hubiera vuelto al instante si ella hubiera mencionado el embarazo.

–¿Qué creías que iba a pasar, Penny? –la miró y se negó a dejarse arrastrar por el brillo de sus ojos y su barbilla alzada–. ¿Nos veías viviendo el sueño de la casita con valla? ¿Es eso?

–No –respondió ella con una risa–. Pero…

–¿Pero qué? ¿Habría sido mejor estar casados un mes? ¿Seis? ¿Y luego terminar? ¿Habría sido eso más amable, o solo habría prolongado lo inevitable? –preguntó Colt.

–No lo sé –murmuró ella apartándose el pelo de la cara con gesto impaciente–. Lo único que sé es que salimos, nos casamos y nos divorciamos en el espacio de una semana y ahora vuelves reclamando que te he engañado.

–Siempre volvemos a lo mismo, Penny –la voz de Colt sonó grave–. Tendrías que habérmelo dicho.

Ella dejó escapar un suspiro y le miró.

–Ya estamos otra vez lanzándonos cuchillos el uno al otro y sin resolver nada.

Colt se apartó unos cuantos pasos de la cama, pero no pudo alejarse mucho. El dormitorio entero cabría en su vestidor. Se sentía atrapado. En el espacio. En la situación. Pero a pesar de las cadenas invisibles que le apretaban cada vez más, sabía que no podía marcharse. No lo haría. Era padre y debía hacer lo correcto.

Se dio la vuelta hacia Penny.

–No puedes mantenerme lejos de los gemelos.

–Solo vas a confundirlos –afirmó ella.

–¿Confundirlos de qué modo? Son bebés. ¡No saben lo que está pasando!

—Baja la voz. Vas a despertarlos —Penny le miró fijamente—. Y ven cuándo la gente está contenta. O enfadada. No quiero que les angusties gritando.

Colt aspiró con fuerza el aire y asintió.

—De acuerdo —bajó la voz—. ¿Confundirlos de qué modo?

—Eres un desconocido para ellos…

Colt apretó los dientes.

—Y apareces de pronto en su vida… ¿por cuánto tiempo, Colt? ¿Cuánto tiempo pasará antes de que les digas «lo siento, niños, no estoy hecho para ser padre, le diré a mi abogado que se ponga en contacto con vosotros para el tema de la pensión»?

—Muy gracioso —Colt entornó los ojos y trató de contener la furia—. Puedes ser todo lo sarcástica que quieras respecto a lo pasó entre nosotros. Pero no voy a hacerles eso a ellos.

—¿Y cómo puedo saberlo? —Penny compuso una mueca de dolor al estirarse sobre la cama—. Abandonaste a una esposa. ¿Por qué no ibas a hacer lo mismo con tus hijos?

—No es lo mismo y tú lo sabes.

—No, no lo sé. Ese es el problema.

Los últimos rayos de luz perlaban el dormitorio con una neblina pálida y tibia que se filtraba a través de las cortinas abiertas y se reflejaba en el suelo de roble como polvo de oro. Cuando la vieja cabaña se preparaba para dormir, crujía y se quejaba como una anciana cansada. Había un intercomunicador para bebés en la mesilla de noche que de pronto emitió el sonido de la tos de un niño.

Colt se sobresaltó.

—¿Se están ahogando?

–No –dijo Penny con un suspiro–. Es Riley, cuando duerme succiona tanto el chupete que a veces le da tos.

–¿Y eso es normal? –Colt miró el intercomunicador y frunció el ceño. Se sentía completamente fuera de su elemento allí. ¿Cómo iba a saber lo que era normal para un niño y lo que no? No es que hubiera pasado mucho tiempo con ninguno de los recientes bebés de los King. Verlos en las celebraciones familiares no le había preparado para esto.

–Sí. Colt…

Escuchó el cansancio en su tono de voz. Lo vio en sus ojos y en la palidez de su piel. Estaban dando vueltas y vueltas sin llegar a ninguna parte. Ya habría tiempo de sobra para planear lo que iban a hacer.

–Ahora vamos a cambiarte de ropa, ¿de acuerdo? Hablaremos de esto mañana.

–Vaya, lo estoy deseando –murmuró Penny. Entonces compuso una mueca de dolor y se tiró del cierre de los pantalones–. Pero me encuentro tan incómoda que estoy dispuesta a arriesgarme.

–¿Qué necesitas?

–Tengo el camisón en el cajón de arriba de la cómoda.

Colt sintió cómo su cuerpo cobraba vida y se enfurecía y se preguntó cómo era posible que estuviera tan enfadado con una mujer y que la deseara tanto al mismo tiempo. Se acercó a la cómoda apretando los dientes, abrió el cajón de arriba y lo que vio fue realmente una cura para la lujuria.

–¿Esto? ¿De verdad? –preguntó alzando el camisón más espantoso que había visto en su vida.

Penny frunció el ceño.

–¿Qué tiene de malo?

Colt sacudió la cabeza y le pasó la camisola de dormir rojo fuego estampada con flores amarillas gigantes y lazos rosas.

–Nada, solo que parece radioactiva –murmuró–. Seguramente sea estupendo como anticonceptivo. Cualquier hombre que te vea con esto puesto saldrá corriendo colina abajo.

–Muy gracioso –Penny agarró la camisola–. Estaba de rebajas.

–¿Durante cuántos años? –era la cosa más fea que había visto en su vida, y le agradecía a Penny que lo tuviera. Tal vez aquel horror le ayudaría a no pensar en lo que había debajo.

–No te he pedido que critiques mi guardarropa.

–Podrías pedirme que lo quemara –se ofreció Colt–. Al menos parte de él.

–Podrías… –Penny se pasó la mano por su ondulada melena roja y se echó por encima del hombro–. Da igual. Lo haré yo misma. Tú vete.

–Deja de ser tan obstinada –Colt quería terminar con aquello de una vez–. Te ayudaré con el camisón, pero cerraré los ojos para protegerme la retina.

Ella le miró.

–¿Vas a ayudarme o te vas a limitar a hacer comentarios sarcásticos?

–Puedo hacer las dos cosas. ¿Quién dice que los hombres no son multifacéticos?

–Dios, eres irritante.

–Me alegro de que te hayas dado cuenta.

Colt se estaba dando perfecta cuenta. Demasiado. Igual que veía que Penny estaba temblando, y no porque tuviera frío ni porque estuviera furiosa. Estaba sintiendo lo mismo que él. Aquel deseo demoledor que les había llevado a la cama en primera instancia. Era algo que Colt no había encontrado con nadie más. Algo en lo que no estaba interesado, según se había dicho a sí mismo muchas veces. Pero al parecer su cuerpo no se había enterado.

–He cambiado de opinión –dijo Penny–. Puedo desvestirme sola.

–No, no puedes. Al menos todavía –Colt se colocó delante de ella y Penny reculó–. Relájate –le pidió él. Ya lo he visto antes, ¿recuerdas?

Él sí se acordaba. Y cómo. Cada centímetro del cuerpo de Penny estaba grabado a fuego en su mente a pesar de sus esfuerzos por borrarlo.

–Somos adultos. Y lo creas o no, tengo un poco de autocontrol. No voy a lanzarme sobre una mujer recién salida del hospital.

Eso esperaba.

Penny se apartó el pelo de los ojos y lo miró.

–Tampoco lo harías aunque no fuera así.

–¿Ah, no? –si ella supiera lo duro que tenía el cuerpo en aquel momento no hablaría con tanta seguridad.

Penny le miró a los ojos y volvió a recordarle:

–Fuiste tú quien me dejó, Colt. Así que, ¿por qué ibas a querer volver al mismo sitio?

Cierto, ¿por qué?

Porque había querido volver al mismo sitio desde que la dejó en Las Vegas. Qué diablos, aquella era la razón por la que se había marchado. Penny le hacía sentir demasiadas cosas.

Para acallar sus pensamientos, dijo:

–Créeme, en cuanto te pongas ese camisón repelente de machos tan efectivo, estarás a salvo.

–Es un alivio –pero no parecía aliviada.

—Venga, acabemos con esto —se acercó a ella, le tiró del dobladillo de la camiseta y esperó a que ella sacara los brazos de las mangas.

Luego se la sacó por la cabeza. El pelo le cayó como seda roja sobre los hombros. Si era capaz de mantener la mirada en su pelo, todo estaría bien. Sí, era apetecible, pero no tan difícil de resistir como el sujetador de encaje que le cubría los generosos senos. Colt dejó escapar un suspiro y esperó a que Penny se desabrochara el cierre delantero y luego se lo quitara.

Ella se cruzó de brazos con gesto pudoroso, pero ya era demasiado tarde. El atisbo que había tenido bastó para que volviera a ponerse duro, y tuvo la sensación de que más le valía acostumbrarse a aquello.

Para ayudarse tanto a sí mismo como a ella, Colt se puso el camisón por la cabeza y dio un paso atrás cuando Penny metió los brazos por las mangas y se estiró la espantosa tela por el cuerpo.

Luego se quitó los mocasines y se bajó la cremallera de los vaqueros bajo el camisón. Colt volvió a acercarse.

—Túmbate, yo te los quito.

Penny obedeció, pero se apoyó sobre los codos y le miró vigilante mientras él le bajaba los vaqueros por las bien torneadas piernas. Contuvo un gemido y trató de no pensar en aquellas piernas rodeándole la cintura, atrayéndolo hacia sí. Trató de no recordar el sonido de sus suspiros y cómo se retorcía debajo de él. Pero no lo consiguió.

—Ya está —dijo dando un paso atrás.

—Gracias —Penny se sentó y se bajó el camisón por las piernas.

Mejor para él, se dijo Colt. Porque estaba a punto

de perder el control. La rabia que sentía por dentro no parecía provocar ningún efecto en el deseo que se apoderaba de él cuando la tenía cerca.

Por fortuna, el corazón se le había convertido en piedra diez años atrás, así que aquel órgano en particular no corría peligro.

–Creo que me voy a echar unos minutos –dijo Penny devolviéndole al momento presente.

–Sí, buena idea. ¿Sigues tomando ese horrible té verde?

Ella pareció sorprendida.

–Sí.

–Voy a prepararte una taza.

Colt salió del dormitorio lo más deprisa que pudo. No tenía sentido torturarse viendo a Penny tumbada sobre la cama y sentir el deseo de unirse a ella. Frunció el ceño y se recordó a sí mismo que Penny y él habían terminado. La única razón por la que estaba allí eran los gemelos. Quería asegurarse de que estaban bien cuidados.

Su intención al salir del dormitorio era dirigirse directamente a la cocina. Pero se detuvo frente a la habitación de los gemelos. Puso una mano en el picaporte de latón y sintió la frialdad del metal en la piel. El corazón le latía con fuerza.

Se sentía igual que la primera vez que hizo paracaidismo en los Alpes. Aquella mezcla salvaje de emoción, miedo y pánico que le hizo sentirse tan agradecido al volver a tocar tierra cuando todo terminó. Ahora, igual que aquel lejano día, no había vuelta atrás. Tenía que lanzarse al vacío desde aquella montaña. Tenía que dar el siguiente paso hacia un futuro que nunca había imaginado.

Abrió la puerta muy despacio y entró. Los escuchó antes de verlos. Sus respiraciones suaves y rápidas, un gemido contenido y un suspiro cuando uno de ellos se movió en sueños. Colt se pasó una mano por la nuca y cruzó en silencio la habitación en penumbra. Fuera se estaba poniendo el sol y sus últimos rayos se filtraban a través de la ventana que daba a un pequeño jardín trasero.

En el interior había dos cunas blancas colocadas de forma que los gemelos pudieran verse el uno al otro al despertarse. Había una mecedora en una esquina, estanterías para juguetes y libros y dos cómodas iguales apoyadas contra la pared de las que colgaban fotos enmarcadas de animales, arcoíris, parques… todo lo que podía hacer sonreír a un bebé.

Avanzó dando pasos silenciosos, pero la vieja madera crujió con sus movimientos. Los gemelos no se despertaron. Colt se colocó entre las dos cunas para poder ver a sus dos hijos.

Riley llevaba un pijama rosa y dormía boca abajo con los brazos doblados. Colt sonrió y miró hacia el niño. Reid tenía el pelo más corto que su hermana, llevaba un pijama verde claro y dormía boca arriba con los brazos y las piernas abiertas como las aspas de un molino. Los dos eran tan bonitos, tan pequeños, tan frágiles, que le robaron el corazón al instante.

No necesitaba ninguna prueba de paternidad para saber que eran suyos. Sabía que lo eran. Lo sentía. Un lazo de conexión salía de él y lo unía a cada uno de ellos. Colt agarró los barrotes de la cuna. Su corazón podría ser de piedra en lo que a las mujeres se refería, pero aquellos bebés ya se le habían grabado en el alma. Acababa de conocerlos, pero haría cualquier cosa por ellos.

Aunque primero debía lidiar con su madre.

Penny se despertó desorientada en un principio. Un rápido vistazo a su alrededor le hizo saber que estaba en casa y suspiró aliviada, agradecida por estar fuera del hospital.

–¡Los gemelos! –abrió los ojos de par en par al darse cuenta de que el sol de la mañana se filtraba a través de la ventana de su dormitorio.

Había dormido toda la noche. No había visto a los niños desde que les echara un rápido vistazo la noche anterior. No había oído nada. ¿Y si la habían llamado llorando? ¿Cómo podía haber dormido tan profundamente como para no oírlos? Era la primera vez que le sucedía algo así en ocho meses.

Se levantó de la cama a toda prisa y corrió dos pasos hacia la puerta antes de que el dolor de abdomen ralentizara sus movimientos. Fue al cuarto de los gemelos y se quedó parada en la puerta. Las cunas estaban vacías. El corazón le latió con tanta fuerza contra las costillas que apenas podía respirar. El pánico atravesó su mente todavía confusa.

Entonces lo oyó.

Una voz grave, la voz de Colt, que sonaba dulce y baja. La inicial punzada de pánico fue sustituida por una ternura algo recelosa.

Siguió su voz moviéndose con cautela a través de la casa que le pertenecía desde hacía dos años. La casa que estaba llena de recuerdos de su propia infancia. La casa en la que había construido un hogar para sus hijos. Se detuvo en la entrada de la cocina. Las tres personas que había dentro no la vieron. Los gemelos estaban en sus tronas dando palmadas suaves contra las bandejas en las que había huevos revueltos. Su padre, Colt, estaba sentado frente a ellos hablando, bromeando y riéndose cuando Reid le lanzó un trozo de huevo. A Penny se le encogió el corazón. Antes soñaba con ver a Colt así con los gemelos. Solía fantasear con cómo sería que los cuatro formaran una familia.

Y durante un instante se permitió el lujo de vivir aquella fantasía. De creer que los últimos dieciocho meses habían sido diferentes. Que Colt había estado allí, con ellos. Con ella.

—¿Vas a entrar o te vas a quedar ahí mirando?

Penny dio un respingo cuando Colt giró la cabeza para mirarla. Sintió una oleada de culpabilidad y la fantasía murió al instante. Después de todo, ¿qué sentido tenía torturarse cuando sabía que Colt no quería estar con ella? Solo quería a sus hijos. Y no los tendría.

—Creí que no sabías que estaba aquí.

—Puedo sentir tu desaprobación desde aquí.

Penny se sonrojó y entró en la cocina. Cuando los gemelos la vieron chillaron para darle la bienvenida y a ella le encantó. Fue de uno a otro dando besos y aspirando aquel maravilloso aroma a bebé que tenían. Se sentó cerca y vio cómo Colt les daba de comer hundiendo una cucharilla en un yogur de melocotón una y otra vez, distribuyéndolo entre los gemelos, que tenían las boquitas abiertas como dos pajaritos.

—Los has vestido —dijo Penny fijándose en las camisetas y los pantalones limpios.

—Pareces sorprendida.

—Lo estoy —estaba asombrada. Creía que estaría perdido con ellos. Y sin embargo les estaba dando de comer como si llevara toda la vida haciéndolo.

—La familia King ha procreado a un ritmo impresionante los últimos años —Colt se encogió de hombros—. No puedes ir a una reunión familiar sin que alguien te pase a un bebé que necesita comer, un cambio de pañales o las dos cosas. Así que tengo mucha práctica. Todos la tenemos. Es cierto que no paso mucho tiempo con los bebés, pero sí el suficiente para saber cómo funciona un pañal. Aunque nunca se lo había cambiado antes a mis propios hijos —le lanzó una mirada de reojo fría y dura.

—Colt… —Penny estaba demasiado cansada para enfrentarse a él.

—Creo que ya han terminado —dijo Colt bruscamente. Se puso de pie, agarró una toallita húmeda y les limpió a los niños la cara y los dedos—. ¿Quieres contarme cosas de ellos o eso también es un secreto?

Penny tragó saliva, sacó a Riley de la trona y la tomó en brazos.

—¿Qué quieres saber?

—Todo —murmuró él sacando al niño de la suya—. Aunque ya he descubierto algunas cosas de ellos por mí mismo. Por ejemplo, que Riley es la más aventurera. No le gusta estar en brazos mucho rato, prefiere estar en el suelo explorando. Reid es más mimoso.

Penny se rio brevemente. Había dado en el clavo.

—Tienes razón. Siempre he pensado que Riley es la que más se parece a ti.

Colt alzó una ceja y sacudió la cabeza.

—Cuando éramos pequeños, Con era el más revoltoso. Yo quería estar siempre cerca de mi madre.

—Entonces, ¿por qué eres tú el que va a los lugares de aventura mientras Connor dirige el negocio desde la oficina?

El brillo de los ojos de Colt se apagó un poco y sus facciones se endurecieron.

–Las cosas cambian.

Penny sintió que había tocado nervio, pero no sabía cuál. Aventuras Extremas King era muy conocido y todo el mundo sabía quién era el gemelo loco. Y por mucho que ella le hubiera amado, por mucho dolor que le causara verlo marcharse, tenía que admitir que lo suyo nunca habría funcionado. ¿Cómo iba a amar a un hombre al que solo le interesaba poner su vida en riesgo a cambio de un breve instante de adrenalina? Y ahora, ¿cómo iba a permitir que sus hijos quisieran a un padre tan descuidado con su propia vida?

–Tienes razón –Penny llevó a Riley al salón y escuchó cómo Colt la seguía–. Algunas cosas cambian –dijo dejando con cuidado al bebé en el suelo al lado de un recipiente de plástico lleno de juguetes.

Tomó asiento en el sofá cercano y vio cómo Colt dejaba a Reid al lado de su hermana. Pero en lugar de sentarse junto a ella, se acercó a la ventana y miró hacia el sol de la mañana antes de darse la vuelta para mirarla otra vez.

A juzgar por su expresión, Penny sospechó que había llegado el momento de tener la conversación pendiente. Y lo cierto era que estaba preparada. Lo mejor era sacarlo todo a la luz para que Colt se marchara y los gemelos y ella pudieran recuperar sus vidas.

–Tendrías que habérmelo dicho –aquellas palabras cayeron en el silencio como piedras en un pozo.

Penny aspiró con fuerza el aire y se preparó para la batalla.

–Supongo que estás enfadado.

–¿Te lo parece? –se mofó él.

Ella le miró desde el otro extremo del salón, negándose a sentirse avergonzada por la decisión tomada.

—Aquella última mañana en Las Vegas dejaste muy claro que no querías casarte y que no querías hijos.

Colt apretó los labios.

—Sí, lo dije —reconoció—. Pero eran hijos hipotéticos. ¿Dije alguna vez que si te quedabas embarazada no quería saber nada?

—Como si lo hubieras dicho —Penny se movió en el sofá. Le tiraban los puntos—. Sabía que te iba a dar igual.

—Así que eres adivina —Colt asintió.

—No hace falta ser adivina, Colt. Lo dijiste todo muy claro —arguyó ella. No estaba dispuesta a ser la única responsable de lo que había sucedido entre ellos—. Me dejaste. No te debía nada.

—Tuviste dos hijos míos —Colt bajó el tono.

Penny se puso tensa y él debió darse cuenta, porque aspiró el aire, pareció tranquilizarse y luego dijo:

—De acuerdo, empecemos otra vez. Solo dime por qué no me dijiste nada cuando supiste que estabas embarazada.

—Ya te lo he dicho —lo que no le contó era que también tenía miedo. Miedo del apellido King, de su fortuna. Le preocupaba que Colt soltara a sus abogados y le quitaran a los niños. Y eso era justo con lo que había amenazado que haría cuando regresó a su vida como un tornado. ¿Qué poder tendría ella frente a los King?

—Me he perdido muchas cosas, Penny, y no creo que pueda perdonártelo pronto.

—Lo entiendo —lo que significaba, por supuesto, que Colt y ella estaban en bandos opuestos en aquella batalla, y a menos que encontraran una forma de construir un puente sobre la brecha que los separaba no habría solución. No habría paz–. Ahora sabes de su existencia, Colt. ¿Qué vas a hacer al respecto?

Colt se pasó la mano por el pelo, impaciente.

–No lo sé –gruñó lanzando una mirada a los gemelos, que se estaban balbuciendo el uno al otro felices–. Lo único que tengo claro es que quiero conocerlos.

Penny lo entendía, y seguramente una parte de ella se enterneció al escucharlo. Pero lo cierto era que todavía estaba exhausta, dolorida y bastante descolocada por la reaparición de Colt en su vida. Así que en aquel momento tenía que ser fría y lógica.

Colt rodeó el sofá y tomó asiento en una silla frente a ella y cerca de los gemelos. Los miró un instante y Penny observó cómo se le suavizaban las facciones. Pero cuando volvió a mirarla, sus ojos eran otra vez dos trozos de hielo.

–No seré un desconocido para mis propios hijos, Penny. No me quedaré fuera de sus vidas.

Una sensación de ahogo se apoderó de ella al caer en la cuenta de su nueva realidad. Tanto si le gustaba como si no, Colt formaría parte de las vidas de sus hijos. Ahora tenía que encontrar el modo de que no se encariñaran demasiado con él. Porque aunque Colt insistiera ahora en que quería formar parte de su mundo, Penny sabía que eso no duraría mucho. Siempre estaba viajando por el mundo buscando el próximo reto.

Aspiró con fuerza el aire y dijo:

–¿Y qué pasará cuando te vayas para volver a lanzarte desde alguna montaña?

Colt frunció el ceño.

–¿De qué estás hablando?

–De ti, Colt –afirmó ella–. No está en tu naturaleza

ser un padre de barrio de las afueras. No pasará un mes antes de que te vayas a correr delante de los toros o alguna otra locura.

–¿Locura?

–Sí. Arriesgas tu vida todo el rato y lo haces porque te gusta –Penny sacudió la cabeza–. He visto fotos tuyas en la revista del mes pasado. Estabas en el borde de un volcán rodeado de magma.

–Sí. Estuve en Japón buscando nuevas localizaciones. ¿Y qué?

–¿Cómo va a mantener tu interés una calle tranquila de Laguna, Colt? –Penny sonrió con tristeza–. Este no es tu mundo. Nunca lo será. ¿Por qué luchar con tanto empeño por algo que nunca has deseado?

Colt no apartó la vista de los gemelos en ningún momento. Reid se dejó caer de espaldas y Riley se inclinó para quitarle un coche a su hermano. El niño estaba a punto de llorar, pero Colt cortó la reacción buscando en el recipiente de plástico otro coche. Cuando se lo dio, Reid alzó la vista y sonrió a su padre mostrándole sus tres únicos dientes.

Colt se rio brevemente, esperó un instante y luego volvió a mirar a Penny.

–Porque soy un King, Penny. Y para un King, la familia lo es todo.

Capítulo Cinco

Penny apretó con los puños la tela del camisón como si le fuera la vida en ello. Y en cierto modo, así era. La sensación real y tangible de lo que Colt había llamado un camisón radioactivo le recordaba quién era y dónde estaba. Aquel era su hogar, y Colt era el intruso. Al menos por el momento estaban en su territorio y ella tenía las cartas en la mano.

Aunque no sabía cuánto tiempo duraría.

Sentía su magnético tirón y tenía que luchar contra ello. Colt no estaba allí por ella, estaba allí para destrozar su mundo.

Sintió una oleada de dolor, y odió la sensación de darse cuenta de que todavía tenía la capacidad de hacerle daño. Se había esforzado mucho para superar aquello. Para olvidar a Colton King. Y había hecho un buen trabajo. Ya apenas pensaba en él. Bueno, no más de unas cuantas veces al día y todas las noches en sueños. Pero ahora había regresado a su vida. Pronto estaría pasando por todo el dolor al que había sobrevivido una vez. Pero era mejor hacerlo ahora, se dijo, mientras los niños eran todavía demasiado pequeños para entender. Demasiado pequeños para recordarle. Para echarle de menos cuando se fuera.

Pero no hacían más que dar vueltas en círculo. Colt la culpaba por haberle guardado el secreto. Ella le culpaba por haberse marchado. No había punto medio.

—Colt, entiendo lo que estás intentando hacer.

—¿Ah, sí?

—Pero no tienes por qué hacerlo —continuó ella ignorando la ironía—. El hecho de que sean tu familia no implica que tengas que estar aquí.

Colt asintió muy despacio, clavó la mirada en ella y Penny sintió que la temperatura del salón descendía varios grados.

—¿Y dónde debería estar?

Ella alzó las manos y olvidó el punto medio calmado y frío que estaba intentando construir. El pánico no era un buen componente para la tranquilidad.

—No lo sé. ¿En Bali? ¿En Australia? ¿En la cima de una montaña, en el fondo del mar?

—Te equivocas. Debería estar aquí mismo.

—No, no me equivoco —Penny soltó una carcajada nerviosa—. Ahora mismo estás haciendo lo que crees que debes hacer, Colt, no lo que quieres. Y cuando esa estampida de responsabilidad se haya suavizado, volverás a marcharte. Eso es lo que siempre haces. Así eres.

Riley escogió aquel momento para gatear hasta su padre y levantarse agarrándole los vaqueros con sus puñitos. Se tambaleó un poco, pero Colt se quedó muy quieto observando cómo su hija crecía delante de sus propios ojos.

Le puso una mano en la suya y le acarició la piel con el pulgar. El ingenuo corazón de Penny experimentó una punzada de ternura ante lo que estaba viendo, y durante un segundo o dos tuvo un destello de lo que podría haber sido.

Colt volvió a mirarla.

—Estoy aquí. Tanto si te gusta como si no, y tendrás que acostumbrarte a lidiar con mi presencia.

«No por mucho tiempo», se dijo ella, decidida a no dejarse conmover por la dulzura con la que trataba a los gemelos. Ni por el calor de sus ojos. Ya se había dejado engañar una vez por Colton King. Creyó que él sentía lo mismo que ella, que a él también le había arrastrado una repentina y poderosa oleada de amor. Y se quedó destrozada. Devastada.

De hecho, lo único que la mantuvo con fuerzas tras firmar los papeles del divorcio fue descubrir que estaba embarazada.

Saber que iba a tener un hijo, y luego saber que eran dos, la ayudó a refocalizar su vida. A concentrar el amor que creía perdido en los dos niños que se habían convertido en el centro de su existencia.

—Estoy aquí. Asúmelo –le repitió Colt con tono implacable–. Además, acabas de salir del hospital y necesitas ayuda, aunque no quieras admitirlo.

Penny quiso negarlo, pero el dolor del abdomen lo hizo imposible. Miró a Colt y tuvo que admitir que esta no la iba a ganar. Y seguir discutiendo solo serviría para que quedara como una idiota. No estaba en condiciones de cuidar de sí misma, y mucho menos de los gemelos. Colt tenía razón. Necesitaba ayuda.

Pero no quería necesitarle a él.

Y sin embargo, Colt estaba allí, y tal vez… casi sonrió cuando se le ocurrió aquella idea. Tal vez si Colt se quedaba allí, en medio de la caótica vida de Penny, experimentaría de primera mano todo el trabajo que suponían dos bebés y se marcharía mucho antes.

—De acuerdo –dijo.

—¿De acuerdo con qué? –Colt la miró con recelo.

—De acuerdo, tienes razón. Necesito ayuda y tú eres el padre de los gemelos.

–Uh, uh –Colt entornó todavía más la mirada.

Penny sonrió a pesar de su orgullo.

–No sé por qué te sorprende tanto. Me has convencido, eso es todo.

–¿De verdad?

Ella suspiró.

–Colt, querías que te diera la razón y te la he dado.

–Eso es lo que me preocupa –admitió él en voz baja.

Reid gateó a toda velocidad por el sueño para unirse a su hermana. Agarró los vaqueros de Colt, se incorporó y se rio encantado. Durante un instante, Colt se limitó a mirarlos con una sonrisa dibujada en los labios, y cuando miró a Penny de nuevo, todavía tenía aquella sonrisa reflejada en los ojos.

Ella sintió una punzada de algo demasiado familiar y que sabía peligroso. Una atracción mezclada con antiguos sentimientos de amor que habían empezado a encenderse de nuevo. Pero no quería aquel fuego otra vez. No quería volver a quemarse con sus propios sentimientos.

Aunque también sabía que no había forma de parar lo que sentía por Colt. El único remedio sería conseguir que se marchara lo antes posible. Luego podría centrarse en los niños y en el trabajo y fingir que no tenía una herida enorme y abierta en el corazón.

A la mañana siguiente, tras una noche en blanco gracias a los sueños eróticos que tuvo con Colt, Penny observó su reflejo en el espejo del cuarto de baño y lamentó no llevar una toalla en la cara para no verse. Tenía el pelo revuelto, estaba pálida y quería darse una ducha, pero no pensaba que sería capaz de hacerlo sola.

Y sinceramente, la idea de pedirle ayuda a Colt con aquella cuestión en particular le resultaba excesiva. La idea de verse mojada entre los brazos de Colt mientras él la enjabonaba por todo el cuerpo la hacía estremecerse de deseo. Y aquello fue suficiente para que apartara a un lado la fantasía y se centrara en la realidad.

Colt había entrado en su vida como un huracán, y estaba tan ocupado reclamando todo lo que ella tenía alrededor que Penny sintió que tenía que defender su posición.

Frunció el ceño y bajó la mirada. Sí, el camisón no era la prenda más atractiva que había tenido en su vida, pero era suyo. Igual que la casa era suya, y también los niños.

Penny sacudió la cabeza, se cepilló el pelo, se lavó la cara y se vistió. Una camiseta verde de manga larga, unos vaqueros viejos y cómodos y ya estaba lista para enfrentarse a Colt.

Pero, por supuesto, no podía estar más equivocada.

—¿Qué estás haciendo? —entró en la cocina con paso más firme que el día anterior. Pero lo que vio hizo que se tambaleara. Por la indignación. Colt estaba sentado en su mesita redonda, con su ordenador portátil abierto y rodeado de una pila de facturas sin pagar.

La humillación que sintió era como un ser vivo dentro de ella. Aquella última invasión de su intimidad la hacía sentirse desnuda, y tenía tanta rabia que vibraba.

Colt apenas alzó la vista del ordenador.

—Estoy pagando tus facturas.

—No puedes hacer eso —consiguió decir ella apretando los dientes.

—Claro que puedo. Lo único que hace falta es dinero, y yo tengo de sobra.

Otra bofetada verbal. Otro recordatorio de lo diferentes que eran sus vidas. Y Penny lo sintió en los huesos. Él era un King. Tenía más dinero del que ella podría soñar y allí estaba, arrojándoselo a la cara. Para que le quedara claro qué posición ocupaba en aquella batalla.

Parecía muy seguro de sí mismo allí sentado con los gemelos comiendo los cereales que tenían esparcidos en las mesitas de sus tronas.

–No me importa el dinero que tengas –mentira podrida. Si Colt fuera pobre a ella no le preocuparía lo que pudiera hacer. Pero no, tenía que ser uno de los hombres más ricos de California–. Yo pago mis facturas con mi dinero.

Él alzó una de sus oscuras cejas.

–No, últimamente no lo has hecho.

Penny deslizó la mirada hacia la vergonzosa pila de facturas que había sobre la mesa.

–Las cosas han ido un poco lentas en los negocios, pero están a punto de remontar –se cruzó de brazos en gesto defensivo–. Déjalo estar, Colt.

–No, puedo hacer esto –afirmó él alzando por fin la mirada hacia ella.

Tenía las facciones duras, frías, y los ojos le brillaban como el hielo. Parecía fuera de lugar en su alegre cocina verde con muebles amarillos y suelo arañado.

–A juzgar por el lío que tienes, te estás hundiendo rápidamente.

Y ella que pensaba que ya no podía sentirse más humillada. Las noches enteras que se había pasado sin dormir preocupada por cómo iba a pagar las facturas eran asunto suyo. Odiaba que ahora Colt estuviera al tanto. Estiró la espalda.

—Estoy levantando un negocio –afirmó–. Eso lleva tiempo. Algo que seguramente tú no sepas, supongo, porque los King no tienen que trabajar para vivir.

Penny se estremeció ante su propio sarcasmo. Incluso sabía que lo que había dicho no era cierto. Aparte de eso, agitar un paño rojo delante de un toro salvaje no era una buena idea. Pero, ¿se suponía que debía quedarse sin hacer nada y sintiéndose como una fracasada?

Los ojos de Colt se enfriaron todavía más.

—Los King tienen dinero, sí –afirmó con tono glacial–. Pero se espera de nosotros que trabajemos, y lo hacemos. Cada uno de nosotros trabaja hasta el agotamiento y se nos da muy bien.

Penny se sonrojó.

—Lo sé. Pero tú no sabes lo que es tener que hacerlo todo solo, ¿verdad?

Colt aspiró con fuerza el aire, se pasó una mano por la cara y luego asintió.

—Muy bien. Puede que tengas razón –clavó la mirada en la suya–. Pero eso es un motivo más por el que tendrías que haber contactado conmigo. Te habría ayudado.

—Eso es lo que no entiendes. No quiero tu ayuda –le recordó. Y se dio cuenta de que sonaba como una niña mimada.

Irritada consigo misma y también con él, Penny cruzó la cocina y trató de agarrar los papeles que tenía más cerca.

Colt fue más rápido. Los agarró y los fue pasando con una naturalidad que la puso todavía más nerviosa.

—Luz, gas, teléfono, Internet… –se detuvo y miró a Penny–. Tarjetas de crédito. Te has retrasado en el pago de todo.

—Voy pagando a plazos cuando puedo —murmuró ella. Tenía una sensación de rabia mezclada con vergüenza.

—Bueno, pues ya no le debes nada a nadie —afirmó Colt.

Habría estado mal por su parte sentirse aliviada, así que, por supuesto, no se lo permitió a sí misma.

—Excepto a ti —señaló con pesar.

Iba a tener que matar a Robert, se dijo. Y seguramente su hermano lo sospechaba, porque no había pasado por allí desde hacía un tiempo. Si no hubiera ido a buscar a Colt, nada de esto estaría pasando.

—Ya estabas en deuda conmigo —intervino Colt, sacándola de sus pensamientos.

—¿Qué te debo? —ya había vuelto del revés su mundo. ¿Qué más podía esperar de ella?

Colt se la quedó mirando en silencio. El aire pareció cargarse.

—Tiempo. Me he perdido ocho meses de los gemelos. Y los nueve del embarazo. No les vi nacer. No vi sus primeras sonrisas ni estuve ahí cuando empezaron a gatear —sacudió lentamente la cabeza—. Así que no hagas como que no sabes de qué estoy hablando. Mantuviste a mis hijos lejos de mí, Penny. Eso no se me olvida.

—A mí tampoco —murmuró ella sintiendo una punzada de culpabilidad junto con el cúmulo de emociones que giraban en su interior.

Seguía pensando que había hecho lo correcto, pero el modo en que había reaccionado Colt a la noticia de la existencia de los gemelos la había sorprendido mucho. No creyó que tuviera el suficiente interés para ir a verlos, y mucho menos para quedarse en la casa ocupándose de ellos.

Sin embargo, sabía que eso no significaba que fuera a quedarse.

—Eso no implica que puedas meter la nariz en todos los aspectos de mi existencia. Mi modo de vida no es asunto tuyo, Colt.

—Lo es si afecta a mis hijos —afirmó él—. Me he puesto a mirar tus facturas porque tu hermano me dijo que no tenías seguro médico. Me preocupaban los gemelos, pero parece que ellos sí están cubiertos y ese pago está al día.

—Por supuesto que sí —confirmó Penny acalorada—. Nunca me arriesgaría con su salud.

—Pero con la tuya sí.

—Yo nunca me pongo enferma.

Colt alzó una ceja y deslizó la mirada hacia la cicatriz todavía fresca de su abdomen, ahora cubierta por la camiseta.

Ella puso los ojos en blanco.

—La apendicitis es algo distinto. Le puede pasar a cualquiera.

—Por eso tenemos seguro médico —dijo Colt con un tono tan calmado que Penny sintió deseos de gritar.

—Puedo cuidar de mí misma, Colt. Lo llevo haciendo toda la vida —cerró la boca rápidamente antes de hablar más de la cuenta. Su pasado no era el tema. Miró la pila de facturas que Colt tenía todavía en la mano y se le ocurrió algo más que podía echarle en cara—. Tampoco tenías derecho a pagarme la factura del hospital.

—Una vez más, alguien tenía que hacerlo —señaló él.

—Pero ese alguien no tienes por qué ser tú.

—La casa está pagada —continuó Colt sin entrar al trapo—. Pero cuando saqué a los gemelos esta mañana al jardín me di cuenta de que necesitas reparar el tejado.

–Sí, lo tengo en la lista y lo haré en cuanto pueda –pero la lista era muy larga, y el tejado estaba más al final que al principio. Con suerte tampoco llovería mucho durante aquel invierno y no tendría que preocuparse del tejado hasta dentro de un año.

–El techador estará aquí el viernes –la informó Colt.

–No puedes comprarme un tejado nuevo –murmuró Penny tratando de mantener un tono tranquilo.

–Ya está hecho –Colt dejó las facturas ahora pagadas al otro lado del ordenador, donde ella no podía agarrarlas fácilmente. Luego se reclinó en la silla y se cruzó de brazos–. He llamado a mi primo Rafe. Su cuadrilla de construcción estará aquí el viernes. Van a mirar también si hay termitas, porque a esos bichos les encantan las cabañas antiguas.

–Maldita sea, Colt –Penny miró de reojo a los gemelos, que estaban sentados cerca. Enseguida empezarían a hablar y no quería que escucharan palabras malsonantes–. No quiero que hagas esto.

–Cuando caigan las primeras lluvias me lo agradecerás –le aseguró él.

Cuando se levantó aquella mañana, Penny se sentía mejor. Menos cansada, menos dolorida. Ahora tenía la sensación de que necesitaba volver a la cama. Si dormía lo suficiente, tal vez cuando se despertara Colt ya se habría ido. Aunque sabía que no sería tan fácil.

Se sentó en la silla al lado de la suya y le miró fijamente a los ojos.

–No puedes entrar en mi vida y reorganizarla a tu gusto.

–He pagado algunas facturas –dijo él–. Está claro que necesitabas el dinero y yo puedo permitírmelo, ¿cuál es el problema?

—El problema es que yo pago a mi manera –se felicitó a sí misma en silencio por mantener la calma y la lógica–. Sé cuidar de mí misma y de mi familia.

Colt la miró muy serio.

—Esa es la cuestión, ¿no te parece? Los gemelos también son mi familia.

A Penny se le cayó el alma a los pies. Esto era lo que se estaba temiendo. Que Colt descubriera los de los gemelos e intentara reclamarlos. Que la empujara a un lado o le pasara por encima como una apisonadora y se llevara lo que quería.

Pero lo único que tenía claro era que no se rendiría sin luchar.

—Colt, ¿qué es lo que quieres? –le preguntó manteniendo un tono calmado y bajo–. Dime claramente qué esperas que pase.

Colt se inclinó hacia ella, lanzó una rápida mirada a los niños y luego volvió a mirarla otra vez.

—Espero que mis hijos estén bien atendidos. Que tengan lo que necesitan.

—Lo tienen –arguyó ella con un suspiro entrecortado. ¿Acaso no había trabajado sin parar para asegurarse de que así fuera? Tal vez se retrasara en el pago de las facturas, pero las iba a pagar todas. A la larga. Y a sus hijos no les faltaba de nada–. Los gemelos están sanos y son felices.

Extendió la mano y se la puso en el antebrazo. La apartó al instante y se arrepintió de haberle tocado, porque una corriente eléctrica le recorrió la mano, el brazo y luego le rodeó el pecho como una bola de fuego. La poderosa atracción que compartían desde el principio seguía viva al parecer.

Ignorando al clamor de su cuerpo, juró entre dientes:

–Nunca les faltará de nada.

–En eso tienes razón –Colt volvió a reclinarse en la silla. Parecía muy cómodo, como si no tuviera ninguna preocupación.

Mientras que Penny, sentada frente a él, tenía el estómago del revés.

Así se sentían los millonarios, se dijo. Colt estaba tan acostumbrado a conseguir todo lo que quería que ni siquiera se lo planteaba. Había pedido un tejado nuevo para la casa con la facilidad con la que se encargaba un litro de leche.

Penny había conseguido olvidar durante los últimos dieciocho meses la arrogancia con la que se manejaba. Había olvidado que su modo de vida era tan distinto al suyo que parecían de diferentes planetas.

–No intentes dejarme fuera de esto, Penny –le advirtió él–. Tienes las de perder.

–No estés tan seguro –replicó ella con más seguridad de la que sentía.

¿Qué podía hacer en una batalla contra uno de los King de California? Tenía una flota de abogados a su servicio y una cuenta bancaria infinita. Si aquello terminaba en los tribunales no tendría ninguna posibilidad y ella lo sabía. Así que lo que debía hacer era asegurarse de que aquello no llegara nunca a un juez. No podía confiar en que el tribunal escogiera el amor de una madre frente a un padre que podía mantener cómodamente a los gemelos.

–¿De veras? –preguntó Colt con tono burlón–. ¿Crees que puedes conmigo?

Aquella pregunta tenía más de un significado. Penny lo supo porque su cuerpo empezó a estremecerse y los ojos de Colt echaron chispas que derritieron el hielo. Ella bajó la mirada porque no quería que viera lo que podía hacer con ella con tanta facilidad.

—Esta mañana he hecho algo más que seguramente deberías saber —dijo entonces Colt.

Ella tragó saliva con la esperanza de que su tono no sonara angustiado cuando hablara.

—¿De qué se trata?

—Tus facturas ya están todas pagadas, pero también he transferido dinero a tu cuenta bancaria.

—¿Qué? —Penny sintió el pulso de su corazón latiéndole en los oídos—. ¿Cuánto?

Colt alzó una ceja y se encogió de hombros.

—A la mayoría de la gente le encantaría recibir medio millón de dólares en su cuenta bancaria.

Capítulo Seis

–¿Medio…? –Penny tragó saliva y parpadeó mientras la habitación daba vueltas a su alrededor–. Medio… medio…

–Respira, Penny –le sugirió él.

Ojalá pudiera, pero los pulmones no le funcionaban. Parpadeó con más fuerza para intentar aclararse la vista y se llevó una mano al pecho para contener los saltos de su corazón. Aquel hombre estaba loco. Y era un avasallador. Y muy generoso. Y exasperante.

Penny abrió y cerró la boca, pero no le salían las palabras.

–Maldita sea –murmuró Colt inclinándose hacia delante y poniéndole la mano en la nuca para que bajara la cabeza–. Respira antes de que te desmayes.

Penny aspiró finalmente un poco de aire, aunque seguía sintiendo un tirón en el pecho y la cabeza le daba vueltas. Escuchó a los gemelos reírse a los lejos y luchó contra la sensación de mareo.

–Estoy bien –dijo incorporándose y respirando hondo un par de veces.

Entonces le miró a los ojos. Torció el gesto a ver que Colt la miraba con ojos burlones. Por supuesto, seguro que estaría disfrutando del momento.

–Me alegra saber que todavía puedo conseguir que las mujeres se desmayen.

–¿Te estás haciendo el gracioso?

Colt se encogió de hombros con naturalidad, pero seguía con la vista clavada en ella.

–No bromeo cuando digo que voy a asegurarme de que a mis hijos no les falte de nada.

–¿Comprando a su madre? –Penny se sentía insultada. ¿De verdad pensaba Colt que podía entrar en su casa, agitarle el dinero delante de la cara y esperar a que ella diera saltos para agradecérselo?–. Medio millón de dólares… ¿en qué estabas pensando?

–En que necesitas el dinero.

–No lo quiero, Colt –afirmó Penny.

–Lo quieras o no, ya está hecho –dijo él cerrando el portátil con suavidad–. No tienes por qué vivir tan al día.

–No necesito tus limosnas –de acuerdo, eso era una gran mentira. Sí lo necesitaba, pero no quería necesitarlo. ¿Medio millón de dólares? Eso era una locura. Y volvía a remarcar lo diferentes que eran sus vidas.

–No es una limosna. Es lo correcto.

–Lo será para ti –le espetó ella.

–Mi voto es el único que cuenta.

–Típico de ti –murmuró Penny sacudiendo la cabeza como si quisiera convencerse a sí misma de que aquello era una especie de pesadilla y que pronto se despertaría.

–¿Qué se supone que quiere decir eso?

–Quiere decir que fuiste tú quien decidió que nuestro matrimonio era un error –le costó trabajo pronunciar aquellas palabras. Todavía podía sentir el dolor de aquella última mañana con él en Las Vegas. El recuerdo de sus ojos, fríos y distantes, mirándola como si fuera una desconocida. El tono seco de su voz. El hecho de que no mirara atrás ni una vez cuando se alejó–.

Recuerdo que tu voto fue el único que contó entonces también.

Las facciones de Colt se endurecieron.

—Eso fue entonces. Esto es ahora. Y cuanto antes te acostumbres, más fácil será para todos.

Penny se puso de pie, miró a los gemelos, forzó una sonrisa por ellos y luego volvió a girarse hacia Colt.

—¿Por qué iba a querer facilitarte las cosas? Has irrumpido aquí y has tomado el control. Yo no soy nada tuyo, Colt.

Colt apretó los dientes y entornó la mirada mientras miraba brevemente a los niños que seguían balbuciendo felices.

—Esto no se trata de ti, Penny. Se trata de ellos. Y los gemelos sí son algo mío. Y mi responsabilidad. Y voy a hacer todo lo que considere necesario para asegurarme de que tengan todo lo que necesitan.

—Lo que necesitan es amor, y eso lo tienen.

Colt aspiró el aire con fuerza por la nariz y tamborileó los dedos sobre la alta pila de facturas ahora pagadas.

—El amor no compra comida ni paga la factura de la luz.

Penny se sonrojó por la rabia y también de vergüenza. Odiaba que Colt supiera lo justa que andaba de dinero. Y también sentir tanto alivio al poder quitarse aquella preocupación de los hombros.

Pero sobre todo odiaba estar tan cerca de Colton porque le recordaba que desear lo que no podías tener era un ejercicio de tortura.

—No necesito que ningún caballero andante acuda a mi rescate.

Colt maldijo entre dientes y se puso de pie. Pasó por

delante de ella para dirigirse a la cafetera y de camino le acarició a Riley la cabeza. Volvió a mirar a Penny mientras servía dos tazas de café.

—Apenas puedes sostenerte en pie sin componer una mueca de dolor. Tienes dos niños de los que ocuparte. ¿Por qué no quieres mi ayuda?

Porque tenerle allí la destrozaba. Estar con Colt le resultaba demasiado duro. Demasiado nebuloso. Hoy estaba allí, pero al día siguiente se marcharía y ella lo sabía. La cuestión era, ¿por qué no lo sabía él? Siempre estaba buscando la manera de poner su vida en riesgo. ¿Cuánto duraría en una cabaña de playa de una ciudad tranquila donde el único peligro era enfrentarse al sarpullido del pañal?

—Porque este no es tu sitio, Colt —dijo recolocando los cereales que Reid había desperdigado—. No quiero contar con tu ayuda para luego ver cómo desaparece.

Colt sacudió la cabeza, llevó ambas tazas de café y le dio una a ella.

—Ya te he dicho que esto es distinto.

—¿Durante cuánto tiempo?

—¿Qué?

Penny rodeó la taza con los dedos para que el calor del café la ayudara a calentar el frío que sentía.

—Estuvimos casados solo un día y luego pusiste fin a la relación. Te marchaste y nunca miraste atrás. No permitiré que les hagas eso a mis hijos.

—¿Quién dice que lo haré?

—Yo —afirmó ella reuniendo el poco control que le quedaba—. Vives con riesgo, Colt, pero yo no. Y no permitiré que mis hijos vivan así. Ni tampoco me arriesgaré a que a mis hijos se les rompa el corazón por un padre que a la larga les dará la espalda y se marchará.

***

—¿Dónde está? —a última hora de aquella tarde, Connor miró alrededor del pequeño salón como si esperara encontrar a Penny escondida bajo un cojín.

—Echándose una siesta —respondió Colt dejándose caer en el sofá—. Igual que los gemelos.

Connor se metió las manos en los bolsillos del pantalón y se balanceó sobre los talones.

—Bien, pues vamos a despertarlos. Quiero conocer a mis sobrinos.

Colt miró a su hermano durante un instante con asombro.

—¿Estás loco? Esta es la primera oportunidad que tengo de sentarme desde hace tres horas —miró a su gemelo entornando los ojos—. Si los despiertas, estás muerto.

Connor se rio, se acercó a la silla más próxima y se sentó.

—Pareces un ama de casa agotada.

Colt frunció el ceño y luego se encogió de hombros.

—Jamás volveré a decir la frase «solo es un ama de casa». ¿Cómo diablos lo hacen las mujeres? Yo llevo aquí dos días y estoy agotado. Cocinar, limpiar, cuidar a dos bebés… —hizo una pausa, dejó caer la cabeza en el sofá y añadió—, las mujeres son mucho más fuertes que nosotros, Con. Créeme.

Se quedó mirando las vigas del techo y se preguntó cómo era posible que Penny hubiera lidiado con todo sola durante los últimos ocho meses. Diablos, ¿y durante el embarazo? Sintió una punzada de algo parecido a la culpabilidad y frunció el ceño. Sí, él se había

76

perdido muchas cosas y nunca las recuperaría. Pero Penny había estado allí. Sola, con la única ayuda de su hermano, que tampoco podría estar mucho por allí debido a su trabajo. Así que, ¿cómo lo había hecho?

Sí, se había retrasado en el pago de las facturas, pero la casa estaba limpia, los niños eran felices y estaban sanos y Penny estaba montando su propio negocio. No podía más que admirarla a pesar de que seguía enfadado porque no se hubiera puesto en contacto con él nunca.

—¿Esta casa fue construida por unos elfos? —murmuró Connor—. Me está entrando claustrofobia aquí sentado. ¿Por qué está tan cerca el techo?

Colt suspiró.

—Yo me he dado un golpe esta mañana —reconoció—. Dormí en el sofá y cuando los gemelos empezaron a llorar di un salto, salí corriendo a su habitación y me pegué con la frente en el marco de la puerta.

Con alzó un dedo.

—Perdona, ¿has dormido en el sofá?

—Cállate.

—Cómo caen los poderosos —Con se inclinó hacia delante y apoyó los codos en los muslos—. Si corre la voz, tu reputación quedará por los suelos.

—Si corre la voz —le respondió Colt—, ya sabré quién es el culpable.

—Entendido —Connor se recostó en la silla otra vez—. Bueno, háblame de ellos. ¿Qué tal está resultando?

Colt se rio y se pasó una mano por el pelo.

—Veamos. Esta mañana me han tirado la cartera al váter y han derramado yogur de arándanos en el suelo de la cocina para ver cómo caía.

Connor sonrió.

—Suena a locura.

—Lo has pillado —le confirmó su hermano con un suspiro de cansancio—. ¿Cómo diablos se las arreglaba Penny sola? No solo cuida de los niños, también tiene un negocio de fotografía. No sé cuándo encuentra tiempo para hacerles fotos a los hijos de otros si los gemelos exigen supervisión constante.

Con se rio.

—¿Desde cuándo usas palabras como «supervisión»?

Avergonzado, Colt le dijo:

—Desde que descubrí que subir al Everest no es nada comparado con bañar a esos dos niños. Después del incidente del yogur los metí a los dos en la bañera y cuando terminé parecía el superviviente de un naufragio.

—¿Y lo estás disfrutando?

Colt miró a su gemelo a los ojos.

—Yo no he dicho eso.

—No hace falta. Diablos, nadie te conoce mejor que yo, y sé que estás disfrutando muchísimo. A pesar del trauma del yogur.

Una oleada de emoción se apoderó de Colt al pensar en los gemelos. Los sonidos que hacían cuando dormían, su respiración, se habían convertido en música para él. Reconocía cada sonido. Sabía que a Riley le gustaba que la acunaran antes de dormir mientras que Reid se espatarraba en el colchón buscando la posición más cómoda.

Sus hijos eran ahora reales para él. Gente de verdad en miniatura con personalidades marcadas. Se habían convertido en parte de él y no sabría decir cuándo había ocurrido. Lo que sí sabía era que no estaba preparado para poner fin a aquel tiempo con ellos.

—De acuerdo entonces —Connor interrumpió abruptamente sus pensamientos—. Vives en una casa minúscula, te ocupas de dos personitas minúsculas y duermes en un sofá demasiado pequeño. ¿Por qué?

—Ya sabes por qué —gruñó Colt. Durante un segundo lamentó haberle abierto la puerta a su hermano. ¿Acaso no tenía ya bastante sin necesidad de que Con echara más leña al fuego?

—Sí, lo sé. Ahora dime cómo van las cosas con Penny.

—Frustrantes —admitió Colt levantando la cabeza para mirar a su gemelo—. Cree que hizo bien no contándomelo.

—¿Ah, sí?

Colt miró a su hermano entornando los ojos.

—¿Qué se supone que significa eso?

Connor se encogió de hombros.

—Nunca has ocultado el hecho de que no quieres tener familia.

—¿De qué lado estás tú, por cierto? —Colt se puso más recto.

Connor alzó ambas manos en gesto de paz.

—Del tuyo, por supuesto. Pero tienes que admitir que tuvo sus razones para hacer lo que hizo.

Podría haber discutido, pero su rabia había disminuido durante los últimos días hasta el punto de que ahora podía pensar con claridad. Con lógica. Y la verdad era que podía entender el punto de vista de Penny. Aunque eso no significara que estuviera de acuerdo.

—Muy bien. Tenía un motivo. El caso es que ahora lo sé y…

—¿Qué vas a hacer al respecto?

—Esa es la cuestión —murmuró Colt—. No tengo ni

idea. Tú y yo sabemos que esos niños no deberían depender de mí.

–No, yo no lo sé. Por el amor de Dios, Colt, deja de castigarte a ti mismo –Connor dejó escapar un suspiro exasperado–. No fue culpa tuya. Todos te lo hemos dicho hasta la saciedad durante los últimos diez años.

–Sí –respondió él mirando a su hermano–. Lo habéis hecho, y eso no cambia nada. Yo tendría que haber estado allí. Les dije que estaría. Si lo hubiera hecho…

La oscuridad se apoderó de él y le zumbó en la cabeza como un enjambre de abejas. Sintió una punzada de dolor. Los recuerdos le pesaron, y durante un instante Colt sintió el mordisco de la nieve, saboreó el frío del viento. Escuchó los gritos que oía casi cada noche en sueños. No había vivido aquel día, pero en sus sueños sí. Una y otra vez.

–¿Qué te hace pensar que podrías haberlo impedido? –Connor se levantó de la silla y se acercó a él–. No fue culpa tuya. Déjalo ir de una vez.

Colt se rio con amargura. Dejarlo ir. Como si fuera tan fácil. Diez años después del día más oscuro de su vida, los recuerdos seguían nítidos. ¿Cómo iba a olvidarlo? ¿Cómo podría perdonárselo alguna vez? ¿Cómo iba a permitir que dos niños indefensos dependieran de él?

–Tú puedes dejarlo ir. Yo no –se puso de pie y miró a su hermano gemelo a los ojos, sosteniéndole la mirada. Por muy unido que estuviera a Connor, aquello era algo que Colt debía cargar solo. Tenía que vivir con ello cada día. Y nadie entendería nunca lo que significaba vivir con la idea de «y si hubiera…».

Transcurrieron un par de segundos tensos mientras los gemelos se miraban fijamente. Pero finalmente

Connor se encogió de hombros, sacudió la cabeza y dijo disgustado:

–Es increíble que te crezca el pelo en esa roca que llamas cabeza.

Colt gruñó.

–Esa cabeza es idéntica a la tuya, así que escoge tus insultos con más inteligencia.

Connor apretó los labios.

–Muy bien. Pues hablemos de Sicilia, entonces. ¿Quieres que busque a otra persona para que vaya al Etna?

Colt lo había considerado. Había un par de escaladores expertos que habían utilizado con anterioridad para buscar sitios nuevos cuando él estaba demasiado ocupado. Pero no estaba preparado para eso todavía.

–No –afirmó sacudiendo la cabeza con firmeza–. Lo haré yo. Penny tal vez necesite una semana para sentirse mejor, pero me pondré a ello.

–Como quieras –dijo Con, y luego pregunto–, entonces, ¿si no hago ruido puedo entrar a mirar a los niños mientras duermen?

Colt sonrió a su hermano.

–Claro. Pero si los despiertas tendrás que quedarte aquí hasta que se vuelvan a dormir.

El resto de la tarde transcurrió en una oleada de pañales, papilla y bebés enloquecidos gateando por toda la casa, normalmente en direcciones opuestas. Colt estaba demasiado ocupado para pensar. Pero había una idea que le daba vueltas en la cabeza. Pensó en ella mientras bañaba a los gemelos y les ponía el pijama. Tarea nada fácil, porque Reid se negó a quedarse tumbado y Riley insistió en quitarse el pañal en cuanto Colt se lo puso.

¿Cómo diablos había cambiado tanto su vida tan rápidamente?

Estaba entrando en una rutina, y el hecho de que pudiera pensar en aquella palabra y no salir corriendo le resultaba casi aterrador. Pero las rutinas estaban hechas para romperse. Aquello no podía durar para siempre.

Sin embargo, cuando miró a los bebés ahora acostados en sus cunas para pasar la noche, se dio cuenta de que saber que aquella etapa iba a terminar no le hacía tan feliz como debería. Se rascó la nuca y trató de ordenar los pensamientos que le cruzaban por la cabeza.

Los gemelos le habían robado el corazón, de eso no cabía duda. Lo que sentía cuando los miraba, cuando le sonreían o le pasaban los bracitos por el cuello era algo indescriptible.

Dos niños pequeños que ni siguiera hablaban todavía y lo habían cambiado todo para él. Y la única manera que conocía para protegerlos era mantener la distancia.

El problema era que no todavía no estaba preparado para marcharse.

—¿Disfrutando de tu tiempo especial con los gemelos?

La voz que vino de la puerta que estaba detrás no le sorprendió. A pesar del torbellino de su mente, Colt había sentido que Penny estaba allí mirándole mucho antes de que hablara.

Él giró la cabeza para mirarla y dijo:

—No sé cómo te las apañas para cuidar de ellos tan bien tú sola.

Ella pareció sorprendida por el cumplido y Colt sintió una punzada de culpabilidad. Se dio cuenta de que en los últimos días nunca le había reconocido todo lo que había logrado con aquella pequeña cabaña. Había estado sola desde el principio, y sin embargo se las había arreglado para ocuparse de los gemelos y de la casa mientras intentaba arrancar un negocio.

Se cansaba solo de imaginar cómo debió ser su vida en los últimos ocho meses.

–Bueno, gracias –Penny se puso un poco tensa, como si no estuviera acostumbrada a los halagos y no supiera bien cómo tomárselos–. No siempre es fácil, pero…

–Ya, lo entiendo –Colt miró a su hija, que estaba tumbada en la cuna en su postura favorita, boca abajo y sonriendo en sueños. Colt sacudió la cabeza asombrado y luego miró a Reid, que ya estaba dormido espatarrado sobre el colchón, como reclamando para sí todo el espacio.

Gemelos y tan distintos. Pero los dos se habían ganado un lugar en su corazón.

Colt se dirigió a la puerta, apagó la luz y luego salió al pasillo con Penny cerrando la puerta tras ellos.

Se quedó mirándola en el repentino silencio y se perdió durante un segundo en el verde de sus ojos. El mundo entero guardó silencio cuando Penny se apretó el cinturón del albornoz. A Colt se le puso el cuerpo duro al darse cuenta de que estaba desnuda bajo el albornoz.

Y en un instante su memoria le proporcionó una imagen muy clara de su cuerpo desnudo. Las curvas que había pasado horas explorando. El deslizar de su mano por su piel. La abundancia de sus senos, el calor húmedo de su cuerpo rodeando al suyo.

Colt clavó la mirada por encima del albornoz. Maldición, aquella mujer iba a terminar matándole.

–Yo... eh... voy a darme una ducha –dijo Penny dando un paso atrás para alejarse de él.

Colt entornó los ojos.

–¿Puedes hacerlo tú sola?

Ella abrió los ojos de par en par ante la implicación de que si no podía, Colt estaría dispuesto a ayudarla.

–Sí, claro que puedo –insistió Penny dando otro paso atrás.

Colt podría haberle dicho que unos cuantos metros de distancia no bastarían para apagar las llamas que crecían entre ellos.

Penny empezó a hablar muy deprisa, casi sin aliento, como si estuviera intentando escapar de allí.

–Estoy harta de solo lavarme. Y dijeron que podía darme una ducha hace días, pero me daba un poco de miedo. Ya no, así que estoy deseando dármela.

El agua caliente deslizándose por su cuerpo en cascada, las burbujas de jabón flotando por sus increíbles piernas. Colt maldijo en silencio. Si sus pensamientos seguían por ahí no sería capaz de andar. La deseaba mucho, pero también estaba preocupado. ¿Y si se metía en la ducha y necesitaba ayuda?

El cínico que había dentro de él se rio. Quería estar en la ducha con ella, pero no precisamente para ayudarla.

–Es peligroso que lo hagas sola –afirmó. Una parte de él realmente lo creía–. Yo te ayudaré.

–Oh, no –Penny sacudió la cabeza con tanta fuerza que su larga melena pelirroja se agitó–. Eso no va a pasar.

–No discutas –Colt la tomó del brazo y la llevó por

el corto pasillo hacia el cuarto de baño–. Somos adultos, Penny.

–Sí –murmuró ella–. Ese es el problema.

Colt le guiñó el ojo con picardía.

–¿Estás diciendo que no confías en ti si me tienes cerca? ¿No puedes controlar el deseo de arrancarme la ropa y hacerme tuyo?

Ella apretó los labios.

–Eso es exactamente lo que me pasa, Colt –aseguró con sarcasmo–. No quiero aprovecharme de ti.

–Muy considerado por tu parte –murmuró él entrando al baño, que también estaba diseñado para gente bajita, sin soltarle el codo–. Mira, en serio, necesitas darte una ducha y yo no voy a arriesgarme a que caigas o algo así.

–¿Qué tengo, noventa años? No voy a caerme. No soy una inválida –le dijo Penny.

Colt abrió el agua y esperó con impaciencia a que se calentara.

La soltó, pero bloqueó la única salida que había para que no pudiera salir de la habitación.

–Dejando a un lado las bromas –afirmó–, puedes discutir y podemos tirarnos aquí horas, o podemos ocuparnos de esto y ya.

Penny pareció pensárselo durante un largo instante. El sonido de la ducha se escuchaba de fondo.

–Muy bien. Puedes quedarte en el baño, pero no mires.

Colt gruñó.

–Intentaré controlarme.

Y realmente sería un esfuerzo, pensó. Pero no lo dijo. El baño era demasiado pequeño, estaban prácticamente pegados. El pequeño y estrecho lavabo se le clavó en la pierna cuando se echó a un lado para dejarla entrar en la ducha.

–Date la vuelta –le ordenó Penny.

Colt obedeció y se encontró mirándose al espejo, algo en lo que no había pensado. Penny se reflejó a su espalda cuando se quitó el albornoz. Colt apretó los dientes cuando su mirada siguió la línea de su espalda hasta llegar a la curva de su impresionante trasero. El pelo le bailaba por la espalda cuando se movía, y Colt deseó poder hundir las manos en aquella suave y espesa mata como había hecho con anterioridad.

Pero a pesar del temblor del cuerpo y aunque necesitó de toda su fuerza de voluntad, se mantuvo en su sitio. Nunca antes se había visto obligado a no tomar lo que quería. A quedarse un paso atrás y dejar que la mujer que le estaba volviendo loco se le escapara entre los dedos. Apretó los dientes y sintió cómo se le aceleraba la respiración. Pero no podía apartar la vista y fue recompensado con la visión de sus senos altos y firmes cuando apartó la cortina de la ducha y se metió.

Corría el agua, y Colt escuchó su suspiro de felicidad. Aquello estuvo a punto de llevarle más allá del límite. Miró la cortina y se la imaginó detrás, desnuda y mojada, levantando la cara hacia el chorro de agua caliente. No pudo evitar preguntarse qué pensaría de la ducha que él tenía en casa con sus seis cabezas de masaje y los asientes calientes excavados en la estructura de granito. Dentro de su cabeza, la tumbó sobre aquel asiento ancho, le abrió las piernas y…

–Ay.

–¿Qué? –exclamó Colt volviendo al instante a la realidad–. ¿Qué pasa?

–Nada –contestó ella–. Es que me he movido demasiado rápido y todavía estoy un poco dolorida, eso es todo. Pero estoy bien.

Colt no la creyó. Si se le habían saltado los puntos, volverían a estar en la primera base otra vez.

Apartó la cortina a un lado, la miró y supo al instante que había sido un error. Su imaginación no podía competir con la realidad de una Penny desnuda y mojada. El largo y rojo cabello le caía por los hombros en gruesas cuerdas. Las gotas de agua se le colgaban en las puntas de los duros pezones y tenía el rostro sonrojado por el calor y la sorpresa. Parecía una ninfa del agua, y la reacción del cuerpo de Colt fue instantánea.

La pequeña ventana de la parte superior de la ducha estaba completamente abierta, permitiendo que se filtrara una brisa fresca. La pintura verde mar del techo se estaba desconchando y la porcelana del viejo plato de ducha tenía grietas. Pero lo único que le importó a Colt fue la mujer desnuda y mojada que le miraba con inconfundible deseo. Penny sacudió la cabeza y se mordió el labio inferior antes de decir:

–Vete, Colt.

–No –respondió él, incapaz de apartar los ojos de ella.

No iba a marcharse bajo ningún concepto. Aunque le fuera la vida en ello, seguiría estando donde estaba.

Un deseo frenético se apoderó de él y se le instaló en la garganta, haciéndole casi imposible el acto de respirar. Pero, ¿quién necesitaba respirar?, se preguntó Colt extendiendo una mano para cubrirle un seno.

Penny gimió al sentir su contacto, y en lugar de apartarse, dio un paso adelante y se humedeció los labios, provocándole un escalofrío de placer por todo el cuerpo. Luego ella le cubrió la mano con la suya, sosteniéndola contra su seno. Haciendo un esfuerzo para recobrar el aliento, susurró con voz rota:

—No podemos. No debemos. Quiero decir, yo no debería. Quiero decir…

Colt sabía lo que quería decir. Había pasado por una operación quirúrgica unos días atrás. Todo entre ellos era un lío, ninguno de los dos estaba contento con el otro en aquel momento. Y sin embargo…

—Tendremos cuidado…

—Colt —jadeó Penny otra vez mientras él le acariciaba el endurecido pezón con el pulgar—. Oh, Dios mío…

Colt sonrió para sus adentros y luego se apartó lo suficiente para quitarse la ropa y los zapatos. Entonces se unió a ella en la minúscula ducha.

De pronto le gustó que el espacio fuera tan pequeño. Penny no podría alejarse de él ni aunque quisiera. Y al mirarla a los ojos supo que no quería.

—Esto no es una buena idea —susurró ella.

—Deja de pensar —contestó Colt.

Capítulo Siete

Entonces la besó.

Mientras el agua se deslizaba por sus cuerpos entrelazados, la besó larga y apasionadamente, perdiéndose en su sabor. Cuando Penny abrió los labios bajo los suyos, la besó con más fiereza todavía, frotando su lengua con la suya en una danza enloquecida de deseo. «Aquí está», pensó acelerado. Aquella increíble chispa de pasión que no había sentido nunca con nadie más. Aquel deseo primitivo de tocar y poseer.

Solo con ella. Solo con Penny.

Ella le rodeó el cuello con los brazos y se inclinó sobre él, deslizándole los pechos contra el torso. Colt le acarició el cuerpo de arriba abajo, la sensación de su piel húmeda fue como una cerilla para la dinamita que tenía dentro.

—Diablos, eres deliciosa.

—Tú también —susurró Penny—. Maldición, tú también.

Colt sonrió contra su boca. Pensó que Penny no quería desearle, pero no podía evitarlo y eso le gustaba. Colt le dio la vuelta de modo que el agua de la alcachofa de la ducha le caía por la espalda. Ella alzó la vista para mirarle cuando el agua calienta aterrizó sobre sus hombros y cayó por su cuerpo como un riachuelo.

—Colt…

—Déjame tocarte —susurró él deslizándole una mano

seno abajo. Le acarició con las yemas de los dedos las costillas y siguió por el abdomen.

Penny se estremeció, cerró los ojos y contuvo un gemido.

—No sé...

—Yo sí —afirmó él besándola otra vez mientras deslizaba primero un dedo y luego otro en su calor húmedo acogedor.

Ella gimió y se agarró a él de los hombros. Su respiración se volvió más agitada, y Colt la acarició todavía más íntimamente, hasta que Penny se retorció contra su mano en busca del clímax hacia el que la estaba llevando. Movió el pulgar hacia su centro y aquella sensación avivó su fuego interior hasta convertirlo en un incendio.

Abrió las piernas para él, para recibir su contacto, sus caricias. Luego bajó una mano de los hombros por su cuerpo hasta cerrar los largos y delicados dedos alrededor de su dura virilidad. Entonces le tocó a Colt el turno de gemir y temblar bajo el influjo de aquel montón de sensaciones.

—Eso es trampa —susurró.

—Es lo justo —gimió Penny mientras él volvía a acariciarla, frotándole el centro con más fuerza mientras le hundía los dedos más profundamente dentro del cuerpo.

La tomó... y Penny le tomó a él. Sus dedos se movieron en él hasta que Colt no pudo seguir manteniéndose en pie. Se le nubló la visión al sentir cómo se acercaba al orgasmo. Pero no podía hacerlo. No quería rendirse a lo que Penny le hacía sentir. No hasta que la viera a ella estremecerse entre sus brazos.

No tardó mucho.

La besó con ansia, permitiendo que sintiera todo lo

que él sentía. Quería que supiera lo que estaba haciendo con él. A Penny se le aceleró la respiración. Apartó la boca de la suya. Abrió los ojos de par en par y gritó su nombre con voz ronca mientras el clímax la arrollaba.

Colt la sostuvo entre sus brazos hasta que pasó el último temblor. Solo entonces pensó en sí mismo y en el hecho de que su cuerpo anhelaba el mismo alivio que ella acababa de experimentar. Entonces Penny le miró a los ojos y sonrió. Le agarró con más fuerza y deslizó el pulgar por la punta de su virilidad. La sensación estuvo a punto de hacerle perder la cabeza. Estaba perdiendo el control a pasos agigantados.

Ninguna otra mujer le había afectado como Penny. Desde el momento en que la conoció hubo electricidad entre ellos. Un solo roce era lo único que hacía falta para que sobre ellos cayeran unas chispas que no podían encontrar en ningún otro lado. Todo en ella era… algo más. Le excitaba y le enfurecía de un modo que nunca creyó posible.

Pero cuando alcanzara el orgasmo tenía que ser dentro de ella. Se apartó lo suficiente para obligarla a dejar de acariciarle, aunque le costó trabajo. Estaba atrapado por el deseo y también vio un ansia renovada en los ojos de Penny. Siempre habían sido algo explosivo cuando estaban juntos, y parecía que nada había cambiado desde la última vez que la vio.

—Una cama —murmuró Colt—. Necesitamos una cama.

—Pero no deberíamos… —tal vez la boca de Penny dijera que no, pero sus ojos gritaban todo lo contrario.

—¿Puedes tener relaciones sexuales? —murmuró Colt rezando en silencio para que le dijera que sí.

—Dijeron que podía en cuanto me sintiera preparada.

–Por favor, dime que estás preparada.

–No te imaginas cuánto.

Colt sonrió ante su rápida respuesta. Apoyó la frente en la suya y murmuró:

–Tendremos cuidado. Puedes ponerte encima. Tú marcarás el ritmo. Eso es lo más que puedo ofrecerte.

–Lo acepto –Penny tragó saliva, estiró la mano detrás para cerrar la ducha y luego dejó que Colt la llevara en brazos al dormitorio.

La cama era estrecha, pero a Colt no le importó. Lo único que quería era una superficie lisa. Se dejó caer sobre el colchón y observó cómo Penny se subía encima de él y cubría su cuerpo con el suyo.

Tenía los huesos ligeros. Era muy delicada. Y tremendamente sexy.

–Espera –gruñó Colt–. Preservativo.

–La otra vez no nos sirvió de nada –ironizó ella.

Colt aspiró el aire por la nariz.

–Tienes razón.

–No importa –le dijo Penny–. Estoy protegida.

–Esa es la mejor noticia que he oído en toda la noche –Colt volvió a tumbarse y le puso las manos en las caderas.

Cuando ella se colocó de rodillas, Colt contuvo el aliento. Parecía una princesa guerrera salida de un cuento irlandés. El cabello rojo le caía húmedo por los hombros y le cubría la parte superior de los senos. Sus ojos verdes brillaban y la pálida piel le relucía como la más fina de las porcelanas. Resultaba magnífica y la necesitaba más que a su próxima respiración.

***

Penny temblaba de la cabeza a los pies. Aquello era una mala idea y ella lo sabía. Pero no había forma de pararlo ahora. Tenía que sentir a Colton King dentro de ella de nuevo. Necesitaba sentir su dura virilidad llenando por completo su cuerpo. Ya se preocuparía al día siguiente cuando la realidad asomara su fea cabeza. Por ahora solo quería vivir el momento. Aprovecharlo al máximo.

–¿Vas a estar torturándonos toda la noche? –preguntó Colt con voz ronca cargada de pasión contenida.

–Ese es el plan –murmuró ella con la mirada clavada en la suya mientras descendía despacio sobre él, tomándolo con su cuerpo centímetro a centímetro.

Penny vio cómo sus ojos azules como el hielo desprendían un destello de calor y el último jirón de lógica se le borró de la mente.

Sabía que esto era una estupidez. Sabía que nada había cambiado. Colt seguiría sin quedarse. No tenían futuro. Pero en aquel momento perfecto iba a olvidarse de todo.

Le había deseado, le había necesitado, le había echado de menos y ahora estaba allí. En su cama, mirándola como si fuera la única mujer del mundo. El deseo se aceleró, la respiración se le hizo más agitada y unas burbujas de expectación enfebrecida crecieron en su interior. Se movió encima de él, sintió cómo Colt le seguía el ritmo y entonces se rindió a lo inevitable.

Colt King era el único hombre al que desearía jamás y puede que esto fuera lo único que tendría de él. ¿Cómo iba a negarse a sí misma lo que solo encontraba a su lado?

Lo tomó profundamente y cuando estuvo completamente dentro de ella suspiró al sentir cómo su cuerpo se estiraba para acomodarse al suyo. La excitación le recorrió el sistema nervioso, encendiendo fuegos que llevaban en ascuas casi dos años. Lo que tuvo con Colt nunca se había extinguido del todo. Un roce suyo y las llamas volvían a alzarse, consumiéndola en un infierno de sensaciones. Así había sido entre ellos desde el principio.

Encajaban tan bien juntos que era como si estuvieran hechos el uno para el otro.

Penny movió el cuerpo en el suyo y escuchó cómo Colt aspiraba con fuerza el aire. Ella le deslizó los dedos por el pecho y disfrutó de la sensación de su cuerpo musculoso y duro bajo las manos. Un bello oscuro le cubría el pecho. Flexionó los músculos de los brazos cuando extendió el brazo para cubrirle los senos. Penny suspiró ante la intensidad del placer que la quemaba por dentro. Echó la cabeza hacia atrás y gimió mientras los pulgares de Colt le acariciaban los duros pezones.

Al echar la cabeza hacia atrás sintió el fresco latigazo de su pelo todavía mojado sobre la piel. Colt la tocó y perdió completamente el control. Se movía dentro de ella y Penny solo quería más y más.

El cuerpo le dolió un poco al moverse dentro de él, pero aquella leve molestia se perdió en el desfile de sensaciones que nada tenían que ver con la incomodidad.

La oscuridad acechaba al otro lado de la ventana y un viento suave agitaba las ramas de los árboles contra el lateral de la cabaña. Pero dentro todo era calor, magia, respiraciones agitadas y corazones acelerados.

Penny sintió que el tiempo perdido sin él en su vida se deshacía hasta que solo quedó aquel momento. La pasión que recordaba aullaba más fuerte, más afilada, más abrumadora que antes, y se entregó a ella. Mirándole a los ojos, se movió en él, disfrutando de sentir cómo entraba y salía de su cuerpo. La llenaba completamente, el menor movimiento creaba una fricción que la dejaba sin aliento. Se movió una y otra vez en él creando un ritmo, mirando cómo los ojos de Colt despedían fuego y deseo. La sangre le bombeaba de un modo furioso hasta que se convirtió en un bramido en los oídos, dejando fuera cualquier otro sonido. Una exquisita y familiar sensación comenzó a abrirse paso dentro de ella.

Las manos de Colt se movían por todo su cuerpo tocándola, explorándola, seduciéndola con más y más sensaciones. Se movía debajo de ella con el ritmo que Penny había marcado, llevándolos a los dos cada vez más lejos y más alto.

Penny gimió, le puso las manos en el ancho y musculoso pecho y aceleró para alcanzar el clímax que estaba ya al alcance de su mano. Subió a la cima que tenía delante a toda velocidad, desesperada por alcanzar la cumbre y luego dejarse caer al otro lado.

–Llega para mí, Penny –le susurró Colt. Su voz era como una caricia para todas sus terminaciones nerviosas–. Llega para mí. Déjame ver cómo vuelas.

Ya estaba casi allí. Sentía un nudo en la garganta y le faltaba el aire en los pulmones, su cuerpo estaba vivo por el deseo. Abrió los ojos de golpe, los clavó en los suyos y cuando surgió el primer temblor en su interior, corrió a encontrarse con él.

Colt deslizó la mano hacia donde sus cuerpos estaban unidos. Acarició con el pulgar aquel increíble punto y se quedó mirando cómo Penny se deshacía en un millón de piezas.

La cabeza de Penny seguía dando vueltas, su cuerpo todavía vibraba cuando sintió el cuerpo de Colt haciendo explosión en el suyo. Escuchó su grito gutural, sintió su tensión antes de que se estrellaran entrelazados contra la nada.

Poco tiempo después, Colt se levantó de la cama revuelta, se puso los vaqueros y la dejó durmiendo acurrucada a un lado. Se quedó mirándola y deslizó la mirada por las curvas de su cuerpo desnudo. El deseo volvió a apoderarse de él. Era preciosa. Increíble. Y peligrosa.

La tapó con la colcha de flores y salió del dormitorio. La casa estaba en silencio. Demasiado en silencio, la verdad. No estaba acostumbrado a aquello. El mundo en el que él vivía era ruidoso y acelerado.

Así era como le gustaba, se dijo cuando entró en silencio a ver cómo estaban los gemelos. Luego se movió a través de la casa en penumbra como un tigre enjaulado en busca del escape más fácil. Lo encontró cuando entró en la cocina, abrió la puerta de atrás y salió al minijardín de atrás.

Aspiró con fuerza el frío aire de la noche y lo retuvo dentro con la esperanza de que apagara los fuegos que ardían en su interior. Por supuesto no fue así, y se quedó ardiendo mientras tomaba asiento en los escalones y miró hacia el cielo.

Todavía estaba intentando entender lo que había pasado. Estar con Penny le había impactado hasta la médula. Estaba acostumbrado al deseo. A satisfacer ese deseo cuando tenía una mujer a mano. A lo que no estaba acostumbrado era a lo que le pasaba con Penny.

Durante los dos últimos años se había convencido a sí mismo de que los recuerdos que tenía sobre su semana con Penny eran exagerados. Nadie podía ser tan increíble. La conexión que había sentido con ella no existía realmente. Bien, pues aquellas mentiras acababan de quedar pulverizadas.

Sentía el corazón como una taladradora en el pecho y tenía la cabeza llena de pensamientos que no lograba ordenar.

El sexo con Penny era asombroso. No había otra forma de definirlo.

Las estrellas se desperdigaban por la oscuridad de la noche y había una luna en cuarto creciente en forma de cuna. Las facciones de los gemelos surgieron en su mente y Colt sintió cómo se ponía tenso. Los pensamientos sobre el sexo se disolvieron cuando consideró la razón por la que estaba allí. Aquellos dos niños se merecían algo mejor que aquella casa tan minúscula. Pertenecían a la familia King. Podía admirar a Penny por todo lo que había conseguido por sí misma, pero ahora que él estaba en la foto las cosas iban a cambiar.

Colt había dejado su propia vida y su trabajo en suspenso para estar allí con Penny y los gemelos, pero eso no podía durar. Tenía sitios a los que ir. Al monte Etna, en concreto.

Aquel pensamiento se transformó rápidamente en otro, y a partir de ahí el cerebro se le llenó de ideas. Una lenta sonrisa apareció en su rostro cuando pensó en algo en particular. Diablos, podía ir a Etna aquella semana. Y Penny y los niños podían ir a Sicilia con él. Los gemelos verían algo de mundo, nunca se era demasiado pequeño para experimentar cosas distintas. Penny podría además tomar fotos de los lugares de saltos que luego se usarían como publicidad y eso ayudaría a su negocio.

Sonriendo para sus adentros, Colt asintió pensativo mientras iba formando el plan.

–Estás completamente loco –Penny se lo quedó mirando a la mañana siguiente, asombrada por lo que acababa de decirle.

Colt dio dos cucharadas de yogur a las dos bocas que le esperaban y la miró.

–En absoluto. Es perfecto. Yo hago mi trabajo, tú consigues publicidad para tu negocio y los niños volarán en un jet privado. Todos salimos ganando.

Penny sacudió la cabeza, agarró una taza de café y le dio un largo sorbo con la esperanza de que la cafeína le diera la fuerza para lidiar con Colt. Se había despertado sola aquella mañana en la cama y, aunque se llevó una decepción, no le sorprendió. Colt no era de los que se quedaban acurrucados y ella lo sabía. Y sin embargo, sintió una punzada de dolor cuando se vio obligada a reconocer que estaba guardando las distancias entre ellos incluso después de lo que habían compartido.

Pero esto era una locura.

–No puedes esperar de verdad que vayamos a Sicilia contigo.

–¿Por qué no? –Colt se encogió de hombros, le limpió la boca a Riley con un pañuelo de papel y luego le dio otra cucharada de yogur–. Dejaremos pasar otra semana. Para entonces, ya deberías estar bien.

¿De verdad era tan fácil para él? Ella tenía responsabilidades. Los gemelos. Un negocio. Una casa de la que ocuparse. Y así se lo dijo.

—A la casa no le va a pasar nada. Los gemelos estarán con nosotros —Colt volvió a mirarla—. Y en cuanto al negocio, está en un punto muerto y lo sabes. He mirado tus archivos esta mañana mientras dormías y apenas cubres gastos.

La rabia y la vergüenza se apoderaron de ella y se le formó un nudo en la boca del estómago. Colt no solo se había metido en su cuenta bancaria y en sus facturas, también había husmeado en su trabajo. Había vistos sus archivos y se había quedado con el resumen. No se había fijado en el trabajo duro, en sus sueños y esperanzas.

—No puedo creer que hayas hecho eso —murmuró—. Mi trabajo no es asunto tuyo.

—Te equivocas —afirmó él—. No quiero discutir, Penny —se apresuró a decir antes de que ella pudiera intervenir—. Solo digo que a tu negocio le vendría bien un impulso. Y eso te lo daría hacer fotos para Aventuras Extremas King.

Penny se dejó caer en la silla de la cocina. La luz del sol se filtraba por la ventana e iluminaba la mesa y el viejo suelo de madera de roble.

—Colt, no te he pedido ayuda y no la necesito.

Él puso unos cuantos cereales en las mesitas de los niños y se giró para mirarla de frente.

—Te estoy ofreciendo un trabajo. Está bien pagado. Y tiene otras ventajas —añadió con una sonrisa lenta.

Una sensación cálida se mezcló con la furia que sentía. Pero todavía le quedaba suficiente como para mantenerse en su sitio.

—No vamos a llevar a los bebés a una excursión a un volcán. Y no, no quiero tomarte fotos mientras arriesgas tu vida —añadió.

Colt aspiró el aire por la nariz.

—No te recordaba tan remilgada. Cuando nos cono-
cimos estabas metida en la fotografía deportiva, querías
viajar por el mundo y captar el peligro y la emoción
con tu cámara —sacudió la cabeza y la miró con curiosidad—. ¿Y ahora te conformas con sacar fotos de los
barrios periféricos? ¿Qué fue de tus grandes sueños?

—Me convertí en madre —dijo tratando de hacerle
entender—. Los planes cambian. Los sueños cambian.

Colt miró a los gemelos y sus facciones se suavi-
zaron. Penny sabía que sus hijos llegaban a él de un
modo que ella nunca conseguiría. Pero también sabía
que aquel tiempo en la cabaña era un receso en su vida.
Por mucho que quisiera a los gemelos, Colton King no
era de los que se quedaban.

El viernes por la mañana, Rafe King, de Construc-
ciones King, estaba en casa de Penny a primera hora.
Colt agradeció la distracción. Desde que ella tirara por
tierra su plan genial el día anterior, los dos habían estado evitándose. Lo que no resultaba fácil en una casa tan
pequeña como un cobertizo.

Colt salió de la casa con dos tazas de café en la
mano y fue al encuentro de su primo, que estaba bajan-
do de la furgoneta.

—Café —Rafe sonrió al agarrar la taza—. Siempre has
sido mi primo favorito.

Aquello le hizo pensar a Colt en que debería hablar
con Penny sobre presentar a los gemelos al resto de la
familia. No podían celebrar una fiesta para todos los
King en la cabaña, no cabrían. Pero podrían hacerla en
su casa. Había sitio de sobra.

Curioso, nunca pensó que la casa que había comprado tres años atrás estaba hecha para una familia grande. En aquel momento le pareció una buena inversión. Y seguía siéndolo, por supuesto, pero ahora debía preguntarse si a Penny y a los gemelos les iba a gustar. Se dijo que sería mejor para ellos. Más espacio. Un jardín grande. Cerca de la playa.

Sacudió la cabeza con fuerza. Estaba empezando a preocuparse seriamente por él mismo.

Rafe le preguntó entonces:

—¿Y qué tal están tus nuevos bebés?

—No son exactamente nuevos —contestó Colt—. Tienen ocho meses.

—Ya —Rafe se apoyó en la furgoneta—. Colt me lo contó. No ha debido ser fácil.

—No —y la situación no iba a mejor.

Se sentía en conflicto con la situación. Quería que aquellos niños fueran felices y estuvieran a salvo. Pero sabía que para que fuera así no podía quedarse. No podía hacerles creer que podían contar con él y arriesgarse a dejarles tirados cuando más le necesitaran. La idea de no estar allí para escuchar sus primeras palabras o ver sus primeros pasos le rompía el corazón. La idea de no volver a ver a Penny le hacía mucho más daño del que quería admitir.

—¿Qué tal estás llevando todo?

—Estoy bien —y no tenía ganas de hablar del tema. Ni siquiera con su primo—. Te agradezco que hayas venido tan rápido a arreglar el tejado.

—Ningún problema. Los King estamos para ayudarnos —Rafe echó un vistazo al tejado de la cabaña de Penny y frunció el ceño—. Está en mal estado.

Qué demonios, la mayor parte de la casa estaba en

mal estado. Colt sabía que a Penny le encantaba, pero se preguntó si la verdadera razón para que viviera allí no sería que era porque no podía costearse otra cosa. Las habitaciones eran demasiado pequeñas y los gemelos crecerían pronto. No tenían sitio para jugar y con un solo cuarto de baño, las cosas se pondrían feas en cualquier momento.

¿Y por qué se ponía a pensar de pronto aquellas cosas? ¿Desde cuándo hacía planes de futuro o se preocupaba del tamaño del jardín o de si el tejado aguantaría otro invierno? ¿Qué diablos le estaba pasando?

Torció el gesto y murmuró:

—Comprueba si hay termitas también, por favor. Tengo la sensación de que este lugar es un bufé libre para esos bichos.

—De acuerdo. Bajaré la escalera de la furgoneta para hacer una inspección y luego iré a buscarte.

—Como te he dicho, te lo agradezco —Colt le dio otro sorbo a su café—. ¿Cuándo crees que podrás empezar el trabajo?

—Podría tener aquí una cuadrilla el lunes.

—Cuanto antes mejor —no podía marcharse hasta saber que Penny y los niños iban a estar bien. Y sabía que con la empresa de Rafe y sus hermanos el trabajo no sería rápido pero se haría bien. Los King siempre estaban ahí para la familia, así que a Colt no le había sorprendido que fuera el propio Rafe quien se hubiera presentado allí personalmente.

Entonces, si los King siempre estaban ahí para la familia y él estaba pensando salir de la vida de sus hijos lo antes posible, ¿qué clase de King era?

Capítulo Ocho

Por supuesto que había termitas.

Y no unas pocas. Era una urbanización de termitas con un apetito voraz por la madera que sostenía su techo.

Penny suspiró y agarró a Riley antes de que se escapara de la manta que habían extendido sobre el jardín de atrás. Reid estaba ocupado rompiendo uno de sus libros, pero Riley no se contentaba con tanta facilidad. Penny le pasó a su hija una caja con gesto ausente y miró a los hombres que estaban en el tejado. Rafe era un encanto, y sí... Colt había sido muy amable al conseguir aquello.

Pero en el fondo, Penny seguía cayendo en el agujero de «deudas contraídas con Colton King». Y lo peor era que ni siquiera estaba enfadada por ello. Solo estaba aliviada de que una de las mayores preocupaciones de su vida se solucionara. ¿En qué la convertía eso? ¿En una hipócrita?

Había acusado a Colt de usar su dinero para facilitar su propio camino. Se sintió ultrajada cuando interfirió y le pagó la deuda de las tarjetas de crédito antes de ingresar una fortuna en su cuenta bancaria. Y se puso furiosa cuando le dijo que le iba a arreglar el tejado. Pero lo cierto era que estaba agradecida y odiaba tener que admitirlo.

Se sentía aliviada y al mismo tiempo resentida. No

era muy racional. Pero nunca había sido muy racional en relación a Colton King. Además, dejando a un lado sus confusos pensamientos, conocía a Colt lo suficiente como para saber por qué estaba haciendo todo aquello. Se estaba ocupando de todo lo que le parecía que había que hacer para poder desaparecer con la conciencia tranquila.

Penny aspiró con fuerza el aire y trató de calmarse mientras una ola de desilusión y miedo la atravesaba. Dos noches atrás, Colt y ella habían estado juntos en medio de una pasión arrebatada. ¿Qué había entre ellos que resultaba tan poderoso y abrumador que incluso recordarlo la hacía estremecerse hasta la médula?

Pero ninguno de los dos había hablado para nada del tema. Penny podía incluso creer que no había sucedido. Pero su cuerpo estaba como en un ascua constante por el fuego que se había reavivado. Casi dos años atrás, cuando se conocieron, Penny se había enamorado tan rápidamente, tan completamente que al imaginar su futuro en común solo veía magia y felicidad. La realidad cayó sobre ella enseguida dejándola con el corazón roto y sola. No le resultó fácil recuperarse, seguir adelante. Y ahora tuvo la sensación de que la recuperación iba a ser mucho más dura.

Por supuesto, sabía que todavía amaba a Colt. El amor no era algo que terminara. Al menos no en su caso. Y al estar allí con él, verle con los gemelos, le había sentido todavía más cerca de su corazón que antes. Por supuesto, sabía que eso era la receta para el desastre.

Podía sentir cómo se estaba alejando ya de ella. De los gemelos. Era como si cuanto más se sanara ella, más se alejara Colt. Ojalá para Penny fuera tan fácil acallar lo que sentía por él. La triste verdad era que todavía lo amaba. Nunca había dejado de amarle. Pero hasta hacía una semana se había acostumbrado a vivir sin él.

Y ahora que había vuelto le resultaba más difícil que nunca imaginarse sin él. Le dolía el corazón al imaginar todo lo que podría haber sido. Miró a sus bebés y sintió una gran tristeza al saber que su padre solo sería una visita en sus vidas. Se iban a perder muchas cosas, y Colt también. No se daba cuenta de ello, pero al marcharse se estaba engañando a sí mismo. Pero sabía que él no lo veía así. Algo le impulsaba a tomar sus decisiones. Era un hombre cálido, inteligente y divertido que estaba decidido a vivir solo. ¿Por qué? ¿Qué había en su pasado que le impedía ver las posibilidades del futuro?

Reid se giró en aquel momento para mirarla. Una dulce sonrisa curvaba su boquita. Los azules ojos le brillaban con amor, confianza y alegría. El pelo le caía por la frente y se llevó el libro a la boca con sus regordetas manos. A Penny se le enterneció el corazón y de pronto deseó que Colt pudiera ver lo que se iba a perder.

Alzó la mirada hacia el tejado en el que la cuadrilla de Rafe trabajaba con diligencia. Colt también había estado allí arriba hacia una hora más o menos. Formaba parte de su naturaleza correr riesgos, aunque fuera caminar por un tejado atado con una cuerda. Estaba tan ocupado manteniéndose ocupado que no podía ver lo que tenía delante. El mayor subidón de adrenalina del mundo. El amor.

—Vaya, esto tiene mala pinta, ¿verdad?

Penny salió de sus ensoñaciones y miró a Maria,

que había cruzado el jardín para ponerse a su lado. Llevaba una falda negra y chaqueta roja sobre camisa de seda blanca y unos tacones de siete centímetros que se le clavaban en la hierba al caminar.

—Hola, ¿qué decías?

—He dicho que tiene mala pinta —señaló hacia la cuadrilla del tejado. Estaban colocando una lona sobre la casa—. ¿Termitas?

—Unos cuantos miles de millones.

Maria sacudió la cabeza y dijo:

—Si van a cubrir la casa, ¿por qué estás todavía aquí? ¿No deberías estar en casa de Colt?

—Nos iremos esta tarde —respondió Penny con un suspiro. No le hacía mucha gracia, pero tampoco tenía más opciones. Por el momento. Cuando fumigaran la casa no podrían entrar durante al menos cuarenta y ocho horas. Lo que significaba que o se metía con los gemelos en la habitación de un motel o... hacía lo que Colt insistía que hiciera. Mudarse a su casa durante el proceso.

Ya era bastante duro tenerle allí en su casa. ¿Cómo iba a ser quedarse en la suya? Diablos, ni siquiera conocía el lugar que Colt llamaba «casa». ¿Era un palacio? ¿Un apartamento? ¿Un ático de lujo? Colt no había satisfecho su curiosidad. Se había limitado a decirle: «Ya lo verás cuando lleguemos».

—Pareces emocionada por la perspectiva —dijo Maria quitándose los tacones para sentarse en la manta. Se puso al instante a Reid en el regazo y el pequeño empezó a juguetear con la cadena de oro que tenía en el cuello.

—Bueno, es un poco raro —trató de explicarle Penny—. Mudarnos a su casa es distinto a tenerlo a él aquí.

Maria asintió con empatía.

—Te refieres a la ventaja de estar en tu bastión.

—Exactamente —Penny sonrió, le quitó unas briznas de hierba a Riley de la mano y añadió—: no quiero deberle nada más, ¿sabes?

—Lo siento —dijo Maria sacudiendo la cabeza—. Debo haberme quedado sorda durante un instante. ¿Qué le debes tú? Ya le has dado dos hijos.

Penny se rio a pesar de la situación. Maria no solo era la prometida de Robert, también era una buena amiga.

—Maria, me ha pagado las facturas. Metió las narices y usó su dinero para «poner en orden mi vida».

—Bien por él.

—¿Qué? ¿No estás de mi parte?

—Completamente. Pero, ¿por qué no debería pagarte las facturas? Sinceramente, Penny, el orgullo está muy bien, pero yo prefiero tener luz que estar sentada en la oscuridad repitiéndome una y otra vez lo orgullosa que soy.

—Pues menuda ayuda eres.

—Oye, soy abogada. No tenemos alma, ¿recuerdas?

Penny se rio.

—Se me había olvidado esa parte. ¿Y cómo sabías que estaría aquí?

—Me lo dijo Colt.

—¿Cuándo le has visto?

Maria le quitó a Reid la cadena de oro de la boca y dijo:

—En el hospital. Se suponía que hoy iba a quedar a comer con Robert, pero cuando llegué le vi dirigiéndose a la cafetería con Colt.

—¿Qué? ¿Por qué? —¿Colt había ido a ver a su hermano sin molestarse en mencionárselo? ¿Qué estaba pasando? ¿Qué andaba buscando ahora? No había forma de saberlo. Para Colt no había nada sagrado. Había invado todos los aspectos de su vida y no había indicios de que fuera a detenerse.

Maria se encogió de hombros y le dio un beso a Reid en la coronilla.

—No lo sé. Rob solo me ha dicho que me vería más tarde en casa. Pero parecían... serios.

—Estupendo —ahora podía preocuparse de que su hermano y su... un momento. ¿Qué era Colt para ella? ¿Su ex? Sin duda, pero también algo más. ¿El padre de sus hijos? Sí, eso también. ¿Su amante? Sintió un nudo en el estómago. Una noche con Colt la hizo desear tener más noches con él. Eso solo servía para apilar un error sobre otro y ella lo sabía.

Pero eso no calmaba el deseo. Ni tampoco la tristeza que acompañaba a la certeza de que sus deseos rara vez se hacían realidad.

—Dios. Todavía estás enamorada de él, ¿verdad?

Penny le lanzó una mirada a Maria y sintió cómo se le sonrojaban las mejillas.

—Por supuesto que no. Eso sería una estupidez total.

Maria alzó una ceja y le dirigió su mejor mirada de abogada.

—De acuerdo, tienes razón —Penny le quitó la camiseta de la boca a Riley—. Todavía le amo, está claro que no aprendo de mis errores.

—¿Y qué vas a hacer al respecto?

—Sufrir —murmuró Penny—. Voy a ver cómo se marcha. De nuevo. Y voy a preguntarle a Robert si tienen algún medicamento contra el virus del amor.

Maria se rio.

—Lamentable. De verdad.

—Es fácil para ti decirlo —susurró Penny—. Robert está loco por ti.

—Lo sé —Maria suspiró feliz—. Eso me encanta de él. Pero en cuanto a ti… ¿por qué estás tan dispuesta a dejarle marchar otra vez?

—¿Qué se supone que debo hacer? —preguntó Penny—. ¿Atarle a la cama?

—No es tan mala idea.

—Es verdad. Pero terminaría por liberarse y se marcharía de todas formas —Penny le quitó una piedra a Riley de la mano y la lanzó al parterre de flores—. Además, si tantas ganas tiene de librarse de mí y de sus hijos, ¿por qué iba yo a intentar que se quedara?

—Por amor.

—¿Amor no correspondido? No es un buen momento.

—Podrías luchar por él —sugirió Maria.

—No —Penny sacudió la cabeza—. ¿Qué sentido tendría? Si lucho y pierdo no habrá servido de nada.

—¿Y si luchas y ganas?

—Seguiría perdiendo —aseguró Penny con solemnidad—. No tiene sentido, Maria. Colt vive por y para el riesgo. Le gusta la emoción. El peligro. Tengo la sensación de que no se quedará contento hasta que haya jugueteado tanto con la muerte que al final la alcance —se estremeció ante aquel pensamiento. Miró a los bebés y volvió a sacudir la cabeza—. No quiero ver cómo hace eso, Maria. No quiero verle perseguir a la muerte. No puedo. Y no dejaré tampoco que mis hijos lo vean.

Los hombres que estaban en el tejado colocando una enorme lona con rayas verdes sobre la casa se gritaron algo y se rieron mientras trabajaban.

—Entonces, ¿ya está? –Maria la observó–. ¿Se ha terminado?

Penny pasó la palma por la cabeza de Riley y disfrutó del contacto de sus suaves rizos.

—No, no ha terminado. Se terminó hace casi dos años. Se terminó nada más empezar.

En la cafetería del hospital no había lo que se dice un gran ambiente. Pero habían hecho lo que habían podido con el espacio. Docenas de mesas y sillas cubrían el brillante suelo de linóleo. Las ventanas permitían la entrada de brillantes rayos de luz solar durante el día y había unas puertas que daban a un patio con sombra y parterres de flores.

Aunque no era el sitio que Colt habría escogido para una reunión, servía para su propósito cuando te ibas a encontrar con un médico ocupado.

Colt miró al hombre que tenía delante.

—Hiciste bien al contarme lo de los gemelos.

Robert le dio un mordisco a su sándwich de pollo y dijo:

—Tenías derecho a saberlo. Pero lo más importante –añadió agitando el sándwich para enfatizar sus palabras– es que Penny ya lleva bastante tiempo luchando sola.

—Sí, así es –Colt sintió una punzada de irritación al recordar lo que había descubierto al repasar sus facturas y sus papeles de trabajo. Y también una puñalada de culpabilidad. Aunque no sabía por qué se sentía culpable. Él no sabía lo de los gemelos. Nadie le había dicho ni una palabra. Hasta que Robert se lo contó.

Disgustado, le dio un mordisco a su enchilada de

pollo. Se arrepintió al instante, frunció el ceño y lo dejó sobre la bandeja color naranja—. ¿Cómo puedes comerte esto?

Robert se encogió de hombros y le dio otro buen mordisco a la suya.

—Tengo hambre. Es lo que tienen aquí. Caso cerrado —metió la cuchara en un cuenco de sopa de verduras—. Bueno, solo tengo media hora para comer. ¿De qué querías hablar conmigo?

Colt apartó a un lado su bandeja de comida y se cruzó de brazos sobre la mesa.

—Entiendo la lealtad familiar —comenzó a decir—. Por eso entiendo que te callaras durante tanto tiempo. Y sé lo que te costó ir en contra de los deseos de Penny para contarme la verdad.

Robert se echó hacia atrás en la silla y se pasó la mano por el pelo.

—No fue fácil. Penny y yo hemos pasado mucho juntos. Siempre ha estado allí para mí y se lo debo todo. Pero estaba cansado de verla vivir de un modo tan precario.

Había algo más que Robert no decía. Pero estaba en sus ojos. ¿Le debía todo a su hermana? ¿Por qué? ¿Qué habían pasado Penny él juntos?

—No voy a decir nada más que pueda traicionar su confianza —le dijo Robert—. Si quieres más respuestas tendrás que preguntárselas tú mismo. Decirte lo de los gemelos fue distinto. Eres su padre. Tenías derecho a saberlo.

—Sí —Colt asintió con tirantez. No le gustaba que Penny no hubiera sentido la confianza para acudir a él. No le gustaba que lo hubiera pasado tan mal y que hubiera cargado ella sola con la responsabilidad de criar a dos niños.

Se pasó una mano por la nuca y apartó de sí aquellos pensamientos.

–Mira, he venido para decirte que voy a seguir formando parte de la vida de los gemelos.

Robert compuso una expresión de sorpresa.

–¿De verdad? Entonces, ¿vas a quedarte?

–No –la palabra le salió de forma instintiva.

Diablos, ni siquiera había tenido de pensar en ello. Él nunca se quedaba. No tenía relaciones permanentes. Siempre tenía un pie en la puerta porque así era más seguro. No solo para él, sino para todos los que le rodeaban.

–No me quedaré, pero estaré por aquí y seguiré en contacto –aseguró–. Y me ocuparé de que tu hermana no tenga que volver a preocuparse nunca por el dinero.

–Vaya, eso es bueno saberlo –Robert agarró la taza de café y le dio un largo sorbo–. ¿Y qué vas a hacer con el hecho de que siga enamorada de ti?

Colt se quedó mirando al otro hombre. Ni siquiera iba a contestar a aquella pregunta. Principalmente porque no sabía cómo haberlo. Había estado evitando pensar siquiera en ello porque no había una respuesta fácil. Sabía perfectamente que Penny lo amaba. Lo veía en sus ojos cada vez que ella le miraba. Y esa era una razón más para salir de su vida antes de que fuera demasiado tarde.

No quería que Penny contara con él. No quería que sus hijos dependieran de él. Ya había fallado a personas que le importaban y las consecuencias habían estado a punto de matarle. Diez años después seguía pagando por lo que había hecho. Sus sueños seguían plagados recuerdos. De gritos. De el bramido de una avalancha y de las sirenas de las ambulancias demasiado tarde.

No volvería a arriesgarse a que sucediera algo así otra vez. Pero tampoco iba a hablar del tema con el hermano de Penny.

—Eso no es asunto tuyo –le dijo.

—Seguramente no –reconoció Robert–. Pero es mi hermana.

—Lo entiendo. La lealtad familiar es importante –Colt lo sabía mejor que nadie. Y pasara lo que pasara entre Penny y él, los gemelos y ella serían siempre su familia. Se ocuparía de que no les faltara de nada. De hecho, haría cualquier cosa por ellos.

Excepto quedarse.

La casa de Colt era impresionante.

Estaba situada sobre el risco de Dana Point y todas las habitaciones daban al Pacífico. En el lado del acantilado había tres plantas de espacio habitable con muelles y patios uniendo cada ángulo. Había un espacio con árboles y césped a cada lado de la casa con vallas de plexiglás para que la gente estuviera a salvo mientras disfrutaba de la vista.

Era lujosa y elegante y al mismo tiempo acogedora. Tenía diez habitaciones, siete baños y una cocina que haría las delicias de cualquier chef profesional. Todo en aquel lugar, desde la arquitectura hasta las vistas al mar, resultaba imponente. Y sin embargo resultaba… solitaria. Como si fuera una casa de revista en la que no vivía nadie.

—Bueno, ¿qué te parece? –le preguntó Colt cuando se unió a ella en la terraza de piedra.

—Es preciosa –afirmó Penny de forma automática. Luego deslizó la mirada hacia la inmensidad del océano que se abría ante ella. Los barcos de vela rozaban la superficie del agua mientras las olas rompían bajo la orilla debajo de la casa–. ¿Cuánto tiempo llevas viviendo aquí?

Colt apoyó una cadera en la barandilla de piedra y miró hacia el mar.

–Unos cuantos años. Es una buena base para mí. Me gusta estar cerca del mar.

–Una base –repitió Penny–. Así que no pasas aquí mucho tiempo.

–No –Colt se puso recto y se metió las manos en los bolsillos de los vaqueros.

–A tu asistenta le debe encantar trabajar para ti –murmuró ella–. No hay mucho que hacer hasta que aparezcas tú de vez en cuando.

Colt sonrió.

–Es verdad. No paso mucho tiempo aquí, pero ya me conoces, Penny. Siempre estoy yendo de un sitio a otro.

Sí, ya lo sabía, y se le rompía el corazón admitirlo. Colt estaba justo a su lado, alto y guapo, con el negro cabello revuelto por la brisa marina y los ojos azules entornados para protegerse del sol, pero igual podía haber estado en Sicilia saltando de aquel volcán. Estaba tan lejos de ella que tenía la sensación de que nunca llegaría a alcanzarle.

Entonces se dio cuenta de que tenía las mandíbulas muy apretadas, señal de que no estaba tan tranquilo como quería dar a entender.

Colt también estaba agobiado. Y por alguna razón, eso la hizo sentirse mejor. Ella no era la única que estaba viviendo un torbellino emocional.

–¿Has acostado a los gemelos?

–Sí –dijo Penny con una sonrisa cálida. Pensar en la habitación infantil en la que había acostado a los bebés la llenaba de ternura hacia Colt–. No puedo creer que hayas conseguido prepararles un cuarto entero en solo unas horas.

–El dinero puede conseguir muchas cosas muy deprisa.

Penny sonrió todavía más. Podía fingir ser frío y desapegado, pero lo que había hecho por sus hijos demostraba que era mentira.

–Sí, tu dinero lo ha pagado todo, Colt –dijo–. Pero no ha sido tu cuenta bancaria la que escogió los osos de peluche iguales ni quien se ocupó de que hubiera una protección instalada en la ventana.

Colt frunció un poco el ceño.

–Eso lo has hecho tú, Colt. Estabas pensando en los gemelos. En su seguridad. En su felicidad.

–¿Y eso te sorprende? –le preguntó.

–No –dijo ella acercándose más a él y ladeando la cabeza para observarle–. Pero creo que a ti sí. Les quieres. Quieres a tus hijos y deseas lo mejor para ellos.

Colt frunció todavía más el ceño. Parecía un poco incómodo.

–No le busques pies tres al gato, Penny –le advirtió–. Por supuesto que me importan los gemelos. Pero esta situación entre nosotros es algo temporal y tú lo sabes. Pronto volveré a marcharme y…

Penny no quería pensar en ello. Ahora no. No hasta que no le quedara más remedio. Había estado tan ocupada intentando retener la rabia que sentía hacia él que soltarla ahora había bastado para desatar la pasión apenas contenida que sentía hacia aquel hombre. Sabía que se marcharía. Sabía que lo que tenían no era suficiente para retenerle. Pero aunque no tuvieran futuro, tenían presente. Si era lo suficientemente audaz para reclamarlo.

Los recuerdos de la noche que habían pasado juntos surgieron en su mente y le provocaron espirales de deseo por todo el cuerpo. Quería tener a Colt King. Y si eso significaba tener que pagarlo más adelante con dolor, estaba preparada para asumir el coste. Para lo que no estaba preparada era para perder más tiempo con él.

–Lo sé.

Penny le calló poniéndole un dedo en los labios. Iba a perderle y lo sabía. No podía luchar contra la naturaleza de Colt. Ella no podía ofrecerle el riesgo y el peligro que tanto ansiaba. Así que le aceptaría como era y dejaría para más adelante la preocupación de cómo iba a vivir sin él.

–Penny…

–Los gemelos se están echando la siesta –dijo acercándose un poco más, hasta que sus senos le rozaron el pecho. Hasta que echó la cabeza hacia atrás para mirar sus ojos azules como el hielo que ahora brillaban con la pasión que solo había conocido con Colton King–. Tu asistenta ha ido a la compra para abastecer tu cocina. Tenemos la casa para nosotros solos, Colt. No perdamos la oportunidad.

Colt la atrajo hacia sí y la estrechó con fuerza.

–¿Sabes lo que estás diciendo?

La luz del sol los rodeaba. La brisa marina les alborotaba el pelo y provocó un escalofrío en la espina dorsal a Penny.

–Sí. Te deseo, Colt. No tiene sentido negarlo –dijo poniéndole las manos en el pecho. Sintió el galope de su corazón bajo las palmas–. Tú también me deseas. Lo sé.

Colt no lo negó. ¿Cómo iba a hacerlo? De hecho la abrazó con más fuerza, y Penny sintió la prueba de su deseo apretada contra ella.

–Disfrutemos de lo que tenemos mientras lo tenemos –dijo Penny.

–No puedo quedarme –los ojos de Colt buscaron los suyos.

–Y yo no puedo irme –Penny le sostuvo la mirada–. Pero los dos estamos aquí ahora.

Colt había necesitado de toda su fuerza de voluntad durante los últimos días para no llevarse a Penny a la cama. La deseaba con cada respiración. Todo su cuerpo ardía de deseo. Se movía en constante estado de incomodidad y dolor. Pero volver a hacer el amor con ella solo aumentaría el error que ya había cometido.

Diablos, Colt no había vuelto a su vida para estar con ella. Penny se merecía algo mucho mejor que él. No podía darle lo que quería. Lo que necesitaba. Estabilidad. Un marido con el que poder contar. Una familia feliz que viviera en una cabaña rodeada por una valla blanca. Colt no era así, y sabía que ella no sería feliz de ninguna otra manera. ¿Y por qué diablos iba a conformarse con menos si Penny se merecía mucho más?

Necesitaba encontrar a un hombre que estuviera a su lado. Alguien con quien pudiera contar.

La idea de que otro hombre la tocara, la considerara suya y estuviera con sus hijos le provocaba escalofríos de furia, pero no sabía qué otra cosa podía hacer. Si se quedaba les fallaría. Lo sabía. Y era un riesgo que no estaba dispuesto a correr.

—Colt —dijo agarrándole las solapas de la camisa para obligarle a mirarla a los ojos—. Tenemos el ahora. Hagamos que sea suficiente.

Colt sonrió y sacudió la cabeza.

—Tú no eres ese tipo de mujer, Penny —afirmó—. Tú eres de las de «o todo o nada».

—Tal vez lo era. Pero la gente cambia —insistió ella.

—No, la gente no cambia —Colt le tomó el rostro entre las manos y disfrutó de la sensación de su piel bajo las palmas. Y deseó que las cosas fueran de otro modo—. Las situaciones cambian y la gente intenta adaptarse. Pero en el fondo somos quienes somos. Siempre.

—¿Y tú quién eres?

—Una mala apuesta —le dijo él con tono duro.

—Me arriesgaré —aseguró Penny poniéndose de puntillas para besarle.

Colt no respondió durante un segundo, tal vez dos. El cerebro le estaba diciendo que diera un paso atrás por el bien de Penny y también por el suyo propio. Para hacer lo correcto. Para que ella viera que nada bueno podía salir de aquello.

Pero la boca de Penny era insistente. Su lengua le rozó los labios y el cuerpo de Colt tomó el control dejando a un lado su cerebro. La conciencia ocupó el asiento trasero y dio paso al deseo, y Colt gimió, besándola a su vez. Su lengua se enredó con la de ella. Saboreó su respiración, su dulzura.

¿Cómo diablos iba a rechazar lo que Penny sugería? Ella estaba dispuesta a arriesgarse a sufrir, ¿por qué no iba a hacerlo él? Iba a poseerla. Iba a dejarse llevar por lo que le ofrecía y luego se marcharía porque era lo que debía hacer. Era la única manera de que Penny estuviera a salvo, y sus hijos también.

Penny suspiró y se fundió en él, apretándole los senos contra el pecho, recibiendo su boca con la suya.

El sol seguía brillando sobre ellos en la terraza con calidez pero sin calor, y juntos encendieron un fuego que hizo palidecer de vergüenza al tímido sol invernal. El sonido de las olas rompiendo en la orilla interrumpía el silencio y sonaba como un corazón agitado.

Colt le recorrió el cuerpo con las manos y disfrutó de la sensación de sus curvas mientras seguía explorándole la boca. Penny se retorció contra él y la erección le latió dolorosamente contra la tirantez de los vaqueros. Tenía que hacerla suya. No había tiempo para la seducción sutil. Aquello era lujuria en estado puro.

Dejó de besarla, se inclinó, la tomó en brazos y se dirigió al interior de la casa.

—No puedes llevarme en brazos —se quejó Penny.

—Parece que sí puedo —respondió él sin ralentizar el paso.

—Vaya, qué romántico es esto.

Colt se rio, la miró a los ojos y dijo:

—Me alegro de que pienses eso. Yo lo considero oportuno.

—Eso también —Penny alzó una mano para acariciarle la cara y luego la dejó caer en su musculoso pecho.

Colt sintió el calor de su contacto hasta los huesos a pesar de la tela de la camiseta. La cabeza le daba vueltas y en lo único que podía pensar era en la palabra «cama». Tenía que llegar a la más cercana.

Se dirigió al dormitorio principal y no se detuvo hasta que la dejó sobre el colchón. Las paredes eran de cristal y ofrecían una visión amplia y sin interrupción del mar. Nadie podía ver aquella habitación a menos que fuera desde un helicóptero y con unos prismáticos.

Y Colt agradeció la intimidad. No quería estar a oscuras con Penny. Quería verla bajo la luz del sol. Quería saciarse de su visión, grabar su imagen en el cerebro para que cuando saliera de su vida completamente pudiera recordar aquel día. Aquel momento.

Capítulo Nueve

Penny se le quedó mirando y Colt sintió que se hundía en el verde de sus ojos. La roja melena se le extendía por la almohada. Cuando se incorporó, la estrechó para besarla otra vez con avidez. Luego se apartó para tomar aire como un moribundo y murmuró:

–La ropa fuera. Ahora.

–Sí –Penny se quitó rápidamente la ropa y se tumbó en la cama con los brazos por encima de la cabeza y la espalda arqueada, ofreciéndose a él.

A Colt se le secó la boca. Se desnudó más deprisa que nunca en su vida. En cuestión de segundos estaban enredados en un revoltijo de sábanas frescas. Rodaron juntos por el ancho colchón con las piernas entrelazadas, carne con carne. Sus manos se exploraban. Sus bocas se fundían. Los corazones latían al unísono.

El sol salía y se ocultaba por detrás de las gruesas nubes grises que cruzaban por el cielo. Las puertas que daban al patio seguían abiertas y una brisa fresca entró en el dormitorio, acariciándoles la piel caliente.

Colt la sujetó contra el colchón, le dirigió una sonrisa seductora y bajó la cabeza para tomarle un pezón y luego otro. Se llenó de su aroma. Los suaves gemidos que emitía alimentaban su deseo y le llevaban hacia delante, a desear más. Labios, lengua y dientes juguetearon con ella hasta que se retorció debajo de su cuerpo jadeando su nombre.

El deseo creció en ambos y Colt deslizó una mano por su cuerpo para hundir los dedos en su calor húmedo y resbaladizo. Penny levantó las caderas y se movió con su contacto, creando un ritmo que le hizo perder a Colt el control. La deseaba. La necesitaba. Sintió su deseo como el suyo propio y dejó que el calor los consumiera a ambos. Se entregó a ese fuego saltando ansioso a las llamas.

La miró de la cabeza a los pies y gravó su imagen en el cerebro. La luz del sol bailaba sobre su pálida piel. Perfecta, eso era Penny. Lo era todo. El corazón le dio un vuelco en el pecho al darse cuenta de cosas nuevas. Cerró deliberadamente el cerebro y dejó que su cuerpo tomara el control. No quería pensar en aquel momento. No quería saber nada que fuera más allá del instante presente.

Lo único que importaba en aquel momento era alimentar a la bestia que crecía en el interior de los cuerpos de ambos. Colt apartó la mano de su calor y ella gimió.

—No te pares —le pidió soltando un suspiro—. No te atrevas a parar.

—No voy a parar, créeme —consiguió decir él. No podría haber dejado de tocarla aunque le fuera la vida en ello. No quería dejar de sentirla entre sus manos, de disfrutar de la pasión que veía en sus ojos.

La colocó boca abajo y le deslizó las manos por la espina dorsal, cubriéndole la curva del maravilloso trasero. Ella abrió las piernas y se apartó la melena a un lado para mirarle.

—Oh, sí —susurró.

Como si Colt necesitara que le animaran.

Penny se humedeció los labios como si supiera que

eso le excitaba y quisiera disfrutar de aquel poder. Luego se levantó sobre las rodillas, invitándole en silencio a tomar lo que ambos deseaban tanto.

El trasero de Penny era grande y con curvas, y Colt deslizó ambas manos por la suave piel masajeándola, explorando.

—No me hagas esperar, Colt —gimió ella—. No nos hagas esperar. Tómame como solo tú puedes hacerlo —susurró con los ojos verdes cargados de deseo.

—Oh, sí —dijo Colt con voz ronca. Se arrodilló detrás de ella, la atrajo hacia sí y la penetró con un largo y suave embate.

Penny contuvo el aliento y él apenas pudo escuchar su gemido por encima de su gruñido de satisfacción. Estaba apretada y caliente y tuvo que contenerse para no hacer explosión en aquel mismo instante.

Penny se movió dentro de él agitando aquellas caderas suyas, apretándose, tomándole más profundamente, y Colt sintió cada uno de sus movimientos como una caricia. Se movió en ella reculando y avanzando, siguiendo el frenético ritmo que le marcaba el latido del corazón. Escuchó sus gemidos, sus susurros. Sintió su pasión acorde a la suya. Le sostuvo las caderas con firmeza y marcó un ritmo que ella se apresuró a seguir.

Siguieron subiendo juntos para alcanzar la cima que les esperaba. Y cuando surgió el primer temblor dentro de ella, Colt deslizó la mano entre sus cuerpos unidos y le acarició con el pulgar aquel punto sensible que contenía tantas sensaciones fragmentadas.

Penny giró la cara en el colchón y gritó de placer. Un instante después, Colt la siguió y saltó al vacío con ella, abrazándola mientras unos fragmentos de luz y sombras entraban en erupción a su alrededor.

Unos minutos más tarde, con Penny abrazada y la luz del sol bailando en la habitación, los viejos miedos de Colt volvieron a surgir y se apoderaron de él.

La amaba. La amaba como nunca creyó posible que pudiera llegar a amar.

No podía decírselo. Penny esperaría… lo que tenía todo el derecho a esperar de un hombre que la amaba. Pero él no podía darle lo que quería. Lo que necesitaba. No se arriesgaría.

El pánico asomó su fea cabeza, pero luchó contra él. Dirigió la mirada a la pequeña cicatriz de la operación que había tenido recientemente. Estaba casi completamente curada. Y cuando eso sucediera, Colt la dejaría. Como sabía desde el principio.

Amor. Ni siquiera quería pensar en aquella palabra. Le hacía sentirse vulnerable. Y Colt sabía que el amor no era para él. Aquel sentimiento efímero solo alimentaba la culpabilidad que siempre le acompañaba.

Penny suspiró con la cabeza apoyada en su pecho y pasó una de sus largas piernas por encima de él. Y mientras la estrechaba todavía más cerca de sí, Colt empezó a planear su huida.

Durante los siguientes días, Penny y Colt empezaron a llevar una rutina. Se ocupan juntos de los gemelos, y Penny tuvo que admitir que la vida con dos bebés era mucho más fácil cuando se contaba con la ayuda de otra persona.

Por supuesto, cada vez que aquel pensamiento le cruzaba por la cabeza, hacía lo posible por ignorarlo. Estaba llena de amor, pero eso no la llevaba a ningún lado. Quería confiar en él, pero sabía que Colt no se quedaría. Se lo había dejado claro desde el principio. Así que había guardado su amor en lo más profundo de su ser para que él no pudiera verlo.

Así que trataba simplemente de disfrutar del tiempo que le quedaba con él. Y cuando se marchara, aprendería a vivir sin él. De nuevo.

Dejaron la espectacular casa de Colt en el acantilado y volvieron a casa con los gemelos. A Penny le encantaba la cabaña, pero ahora veía sus limitaciones. Sí, estaba llena de buenos recuerdos y era perfecta para ella y los niños... por el momento. Algún día tendría que dejarla porque era demasiado pequeña. Así que la cabaña era como Colt y ella. Perfecta para el momento pero sin ninguna posibilidad de futuro.

Penny pensó en la casa de Colt y no pudo evitar preguntarse cómo habrían sido las cosas. En la casa del acantilado hubo risas, pasión, cielo y mar... pero no era la casa lo que echaba de menos, sino la cercanía que Colt y ella habían encontrado allí. Aunque pasaran las noches juntos haciendo el amor y explorando su pasión.

Porque cada día que pasaba lo sentía alejarse más y más de ella. Aquello le rompía el corazón, pero no podía hacer nada al respecto.

Cuando los gemelos comieron y los pusieron a dormir la siesta que tanto necesitaban, Penny encontró a Colt en el salón mirando el fuego que había encendido en la chimenea hacía una hora.

Fuera el día estaba frío y oscuro, parecía que iba a llover.

—¿Se han dormido los gemelos? —preguntó él sin apartar la vista de las llamas.

—Sí. Cuando viajan en coche siempre tienen sueño

al llegar a casa –no había sido un gran viaje tampoco, había ido a la tienda.

–Tendrías que haberme dicho que necesitabas provisiones –dijo él con la mirada puesta en el fuego.

–Solo son provisiones. Siempre hago la compra yo –Penny se sentó en el desgastado sofá y se le quedó mirando. Todo el cuerpo de Colt irradiaba tensión–. ¿Qué ocurre? –le preguntó frunciendo el ceño.

Él giró finalmente la cabeza y le lanzó una dura mirada con los azules ojos entornados.

–¿Qué ocurre? He ido a la oficina dos horas y cuando vuelvo te encuentro cargando bolsas de la compra además de con los gemelos. ¿De verdad me preguntas qué ocurre?

Confundida, Penny dijo:

–¿Quién crees que hace la compra cuando tú no estás, Colt? Yo. Y también hago la colada y corto el césped. ¿Cuál es el problema?

–El problema es que te acaban de operar –respondió él apretando los dientes–. No deberías levantar peso hasta que el médico te diga que puedes hacerlo.

Penny sintió la necesidad de defenderse a sí misma y a sus decisiones, así que dijo:

–Voy a ir dentro de unos días y, por cierto, me siento muy bien. Ya no me duele nada.

–Esa no es la cuestión.

–¿Cuál es la cuestión, entonces?

Colt dejó escapar un suspiro, se pasó la mano por el pelo y se giró para mirarla. Tenía la mirada dura y distante, y Penny sintió una punzada interior. Reconocía aquella mirada. La había visto con anterioridad. La mañana siguiente a su boda, cuando Colt le anunció que todo había terminado y luego se marchó.

Así que había llegado el momento, pensó con tristeza. Se iba a marchar otra vez. Y ella no estaba preparada para perderle. Nunca lo estaría.

—No me gusta que lo tengas que hacer todo tú —estaba diciendo Colt—. Ahora estoy yo aquí. Podrías haber esperado a que volviera.

—¿Esperarte, Colt? —susurró Penny—. ¿Cuánto tiempo? ¿Cuánto debería esperar?

—¿De qué estás hablando? —preguntó él—. Sabías que iba a ir a la oficina a ocuparme de unos asuntos y que luego volvería.

Penny sintió cómo se le formaba una bola en la boca del estómago.

—Nunca sé si vas a volver, Colt —admitió con voz pausada—. Cada vez que te vas me pregunto si regresarás. Los dos sabemos que te marcharás, la cuestión es el cuándo.

Colt apretó los labios.

—No estamos hablando de mí, Penny, sino de ti. Haces demasiado. Podría contratar a una asistenta o a una niñera —se ofreció—.Alguien que te quite un poco de carga de los hombros.

—O podrías quedarte.

Oh, Dios. En cuanto aquellas palabras salieron de su boca lamentó haberlas pronunciado. Sobre todo cuando vio la mirada de Colt.

—Ya hemos hablado de esto. No puedo quedarme.

—Eso dices, pero no cuentas la razón —Penny se levantó del sofá de un salto y se colocó frente a él—. ¿Crees que no lo veo? Te estás preparando para marcharte y quieres dejar todas mis necesidades cubiertas antes de irte para no sentirte culpable. Pues olvídalo, no necesito tu ayuda.

—Eres demasiado orgullosa. No quieres apoyarte en nadie.

Aquella bofetada tocó nervio, y Penny sintió que se le llenaban los ojos de lágrimas. Parpadeó deprisa porque no quería llorar.

—¿Por qué debería apoyarme en alguien, Colt? —preguntó con voz rota por aquel antiguo dolor—. He cuidado de mí misma la mayor parte de mi vida. Crecí cuidando de mí y de Robert. No había nadie más.

Colt frunció el ceño.

—¿Y tus padres?

Las sombras de la habitación se hicieron más presentes. La parpadeante luz del fuego bailaba en las paredes. El mundo desapareció y solo quedaron Penny, Colt y el pasado en el minúsculo salón.

—Cuando mi madre murió, mi padre se encerró en sí mismo. Iba a trabajar y volvía a casa, pero era como un fantasma. Yo estaba a punto de cumplir dieciocho años y no podía apoyarme en él —afirmó con vehemencia—. A veces no volvía a casa, así que yo cuidaba de Robert y de mí. Y el día que cumplí dieciocho años, mi padre se marchó para no volver. No hemos vuelto a verle.

Penny le puso el dedo índice en el centro del pecho.

—Así que no me digas que soy demasiado orgullosa para pedir ayuda. No es orgullo, es supervivencia. No confío en la gente con facilidad, y he aprendido que es mejor no depender de nadie.

Tenía la respiración agitada y mantenía la mirada fija en él, así que pudo ver la chispa de empatía en sus ojos. Penny estiró la espalda y alzó la barbilla en gesto desafiante.

—Y tampoco necesito que me tengas lástima. Sobreviví.

—Sí, pero te afectó —Colt ... ...
me dices que corro demasiados ... ...
rres ninguno. Si no confías en la g... ...
cepcionarte, ¿verdad?

Penny cambió de postura con geste ... ...
vez se había acercado demasiado a la verd... ...

—Una vez confié en ti.

Colt apretó los dientes y ella sacudió la cabe... ...

—Nuestras situaciones son diferentes, Colt. Tú
arriesgas tu vida constantemente. Yo no quiero arriesgarme a confiar en la persona equivocada. Es muy distinto.

—Esto no tiene nada que ver con la confianza —afirmó él—. Ni con lo nuestro. Se trata de que aceptes ayuda. Ya has demostrado que lo puedes hacer todo tú sola,
Penny. Pero eso no significa que tengas que hacerlo.

Ella se rio con amargura.

—No lo entiendes. ¿En quién me voy a apoyar, Colt?
¿En Robert? Maria y él tienen su vida. ¿Y tú? —suspiró—. ¿Por qué iba a apoyarme en ti si has dejado claro
que te vas a machar en cuanto puedas? Desde que lle-
gaste ya tenías un pie fuera. Así que dime. ¿Debería
contar contigo, Colt? ¿Debería depender de ti?

—No —afirmó él con brusquedad.

Tanto que Penny se quedó unos instantes callada.

—Bueno, al menos eres sincero —murmuró con voz
entrecortada abrazándose a sí misma.

Colt la miró y pensó que era la persona más fuerte
que había conocido en su vida. Ahora que sabía más
cosas de su pasado estaba todavía más impresionado.
No era de extrañar que Robert le hubiera dicho que se
lo debía todo a Penny. Ella le había criado. Había cuidado de él. Y lo había hecho sola, sin la ayuda de nadie.

poder abrazarla, estrecharla contra su cuerpo
y no soltarla nunca. Pero eso no iba a pasar. No podía
pasar.

Apartarse de ella y de los niños era lo correcto, y
Colt lo sabía.

Pero estaba claro que Penny pensaba que no quería quedarse. Eso le molestaba más de lo que estaba
dispuesto a admitir. Así que si le decía la verdad, ella
estaría de acuerdo en que lo mejor que podía hacer era
marcharse.

—Tú crees que no quiero estar aquí, pero te equivocas —dijo con tristeza.

—Pues demuéstralo quedándote —respondió ella.

—No —dijo Colt sintiendo la vieja culpa y las sombras de tristeza que nunca le habían abandonado del
todo—. Estoy intentando manteneros a ti y a los niños
a salvo. ¿Crees que para mí es fácil marcharme? No lo
es. Pero si me quedo, en algún momento todo se irá al
infierno.

—¿Qué se supone que quiere decir eso? —Penny clavó la mirada en la suya.

Colt dio un paso atrás y se pasó la mano por la cara.

—Fue hace diez años —dijo apartando la mirada—. Estaba en Suiza con mis padres. Se suponía que iba a ser
un gran viaje de esquí. Íbamos a llegar en helicóptero
a la cima de una montaña para luego bajar esquiando.
Pero la noche anterior conocí a una rubia en un bar. Ni
siquiera recuerdo su nombre. El caso es que me salté
la excursión para quedarme con la rubia. Mis padres
murieron en una avalancha.

Se giró para mirarla y ahora le tocó a él ver la empatía reflejada en los ojos de Penny. Y tampoco le gustó.
Se metió las manos en los bolsillos y sacudió la cabeza.

—Les dejé tirados. Dependían de mí para que les mostrara la ruta más segura montaña abajo y yo no estaba allí.

—Colt, lo siento mucho, pero…

Él sacudió la cabeza.

—No me digas que no fue culpa mía. Sí que lo fue. Si yo hubiera estado allí no habrían muerto porque yo les habría llevado por un sitio más seguro.

—O podrías haber muerto con ellos —arguyó Penny—. Fue un accidente, Colt. No es motivo para que huyas de mí o de tus hijos.

—¿No me has escuchado? —Colt volvió a sacudir la cabeza con tristeza—. No estoy huyendo. No soy yo quien me preocupa. Es que la gente dependa de mí. Dejé tirados a mis padres y murieron. No haré lo mismo con mis hijos. Ni contigo. No viviré con más culpa de la que ya me carcome por haber fallado.

Penny alzó ambas manos y se las pasó por el pelo con gesto impaciente.

—Entonces —dijo con tono tirante—, para no fallar ni siquiera lo intentas.

—Tú no lo entiendes.

—Sí, claro que lo entiendo —afirmo ella con la voz rota—. Durante esta última semana he estado observando cómo tratas a los gemelos. He visto lo bueno que eres con ellos. Lo mucho que te quieren.

A Colt se le encogió el corazón.

—Y he intentado imaginar por qué si tienes tantas cosas en tu vida insistes en recorrer el mundo buscando la muerte con esos ridículos deportes extremos —Penny se frotó los antebrazos en un intento de darse calor sin conseguirlo—. Ahora ya lo sé. ¿Estás intentando compensar a tus padres muriendo tú también? ¿Es eso?

¿Crees que estás aquí de prestado o algo así? ¿Piensas que tendrías que haber sido tú quien muriera en esa montaña?

—Yo no he dicho eso —argumentó Colt.

—Como si lo hubieras dicho —Penny lo miró y Colt sintió que se le erizaba el vello de la nuca.

Maldición, esperaba que ella entendiera finalmente por qué lo suyo no podía salir bien. Y sin embargo le miraba como si estuviera loco.

—A ver si lo entiendo —dijo finalmente ella levantando la cabeza para mirarle a los ojos—. Quieres que me apoye en ti y al mismo tiempo me estás diciendo que no quieres que nadie dependa de ti. ¿Es eso?

Colt se pasó una mano por la mandíbula y luego se rascó la nuca. Sonaba estúpido cuando Penny lo decía así. Irritado y a la defensiva, dijo:

—Estás manipulando mis palabras.

—No —Penny dio un paso adelante y le puso un dedo en pecho—. Estoy señalando en voz alta lo que me estás diciendo porque no tiene ningún sentido.

—Para mí sí —consiguió decir él—. Yo soy el culpable de que mis padres murieran. Si hubiera estado allí…

Penny le interrumpió.

—Nunca sabrás lo que habría pasado si hubieras estado allí, Colt. Pero el caso es que tú no provocaste la avalancha. Fue un accidente. Un terrible y trágico accidente. Pero no fue culpa tuya. Ni siquiera estabas allí.

—Esa es la cuestión —intervino Colt—. Les prometí que estaría y no estaba.

—Y apuesto a que el último pensamiento de tu madre fue «gracias a Dios que Colt no está aquí».

Colt giró la cabeza hacia ella como si le hubiera abofeteado.

—Eso es lo que yo habría pensado –continuó ella con tono más suave–. Lo que habría agradecido. Que mi hijo se hubiera salvado. Y seguro que tus padres pensaban igual.

Colt se apartó de ella. El corazón le latía muy deprisa. Había vivido con la culpa durante tanto tiempo que ya formaba parte de él.

—Debió ser algo horrible, Colt –dijo Penny pasándole las manos por la cintura y apoyándose contra su espalda–. Pero eso no cambia el hecho de que no fue culpa tuya.

Connor le había repetido lo mismo durante años. Igual que sus demás hermanos, sus primos. Pero…

—No importa lo que digáis, el caso es que no estaba allí cuando me necesitaron –la giró entre sus brazos, la miró a los ojos y prometió–: no volveré a arriesgarme. No dejaré que los gemelos y tú dependáis de mí, porque si algo os sucediera a alguno me moriría.

—¿Y si ocurre algo de todos modos? ¿Entonces qué?

Tenía los ojos bañados en lágrimas y la luz del fuego hacía que brillaran con un tono rojizo. Penny se apartó despacio de él y se metió las manos en los bolsillos de los vaqueros desgastados como si quisiera evitar la tentación de volver a tocarle.

—¿No te das cuenta? Nadie tiene garantía de por vida, Colt. Lo único que tenemos es cada día y la gente con la que escogemos vivir nuestra vida… dure lo que dure. Tú no tienes la culpa de lo que les pasó a tus padres. Pero tal vez te resulte más fácil convencerte de que sí.

—¿Fácil? –repitió él con tono tirante–. ¿Crees que esto tiene algo de fácil?

—Siempre es más fácil marcharse que quedarse y hacer que funcione.

–Te he dicho que…

–Ya sé lo que me has dicho –le interrumpió Penny con voz temblorosa–. Pero estás equivocado. No escapaste de la avalancha, Colt. Algo dentro de ti murió aquel día en la montaña.

Colt se sintió invadido por una avalancha de furia. Diablos, esperaba que Penny entendiera lo que estaba haciendo por ella y por los gemelos. Protegerlos del único modo que conocía. Pero Penny estaba ahí delante mirándole con unos ojos tan fríos como un bosque a media noche.

–Maldita sea, Penny, es que no lo ves…

–¿Se supone que tienes que pasarte el resto de tu vida cumpliendo penitencia, Colt? ¿Por algo que no fue culpa tuya? –ella sacudió la cabeza, le miró a los ojos y le mantuvo la mirada–. ¿Ese es el precio que tienes que pagar para satisfacer a los fantasmas de tu corazón? ¿No tienes permiso para ser feliz? ¿Para ser amado?

–Esto no es una penitencia –argumentó él–. Estoy tratando de protegeros a los gemelos y a ti. ¿Por qué no lo quieres ver?

–Lo que veo es que ya es hora de que te vayas, Colt. Márchate –Penny se sacó las manos de los bolsillos y las usó para apartarse la melena–. Te habrías marchado hace tiempo, así que hazlo esta noche. No quiero que mis hijos quieran a un padre que está tan ocupado intentando matarse a sí mismo que ha olvidado cómo vivir.

Capítulo Diez

Colt no se quedó. ¿Qué sentido habría tenido? Hizo el equipaje y se marchó mientras los gemelos dormían porque no se creía capaz de salir por la puerta con aquellos niños mirándole. Sus hijos.

Aquellas dos palabras le giraban por la cabeza como bolas enloquecidas. No se había molestado en hacerse la prueba de paternidad. No le hacía falta. Supo en cuanto los vio que aquellos bebés eran suyos. Del mismo modo que ahora sabía que debía marcharse.

Lo que no esperaba era que fuera Penny quien le dijera que se fuera. Maldición, siempre era él quien se iba. Ninguna mujer le había pedido nunca antes que lo hiciera. Aunque suponía que Penny tenía sus motivos.

—Lo que pasa es que no lo entiende —murmuró mientras conducía por la autopista de la costa del Pacífico sin fijarse siquiera en el mar que tenía al lado—. ¿Cómo va a entenderlo? Ella no le ha fallado nunca a nadie.

Pero él sí. Su cabeza repasó todos los recuerdos oscuros que había tratado de enterrar.

—No tendría que haber intentado explicárselo —dijo en voz baja apartando a un lado los pensamientos oscuros para centrarse en la carretera y en el ritmo acelerado de su corazón—. Tendría que haberme marchado sin más. De hecho no tendría que haberme quedado tanto tiempo.

¿Pero cómo no iba a hacerlo? Tenía hijos. Dos pequeños seres humanos que estaban vivos debido a él y que se merecían... ¿qué?

—Algo mejor que un padre a tiempo parcial, eso se merecen —murmuró mientras giraba el coche hacia el camino privado que llevaba a su casa del acantilado.

Colt saludó al guardia de seguridad que estaba en la entrada. Pasó por delante a toda prisa y siguió el estrecho camino. Cuando llegó a la puerta de su casa se detuvo, aparcó y apagó el motor a regañadientes.

Lo que quería era seguir conduciendo. Llevar el coche y a sí mismo hasta el límite. Sentir la adrenalina de la velocidad que aparecía cuando se dejaba a un lado la idea de tener cuidado. Cuando se corría solo para...

Detuvo el pensamiento en seco al escuchar la voz de Penny resonando en su cabeza: «persiguiendo la muerte. Olvidando cómo vivir».

Pero estaba equivocada, se dijo. No estaba buscando la muerte, por el amor de dios. Estaba disfrutando al máximo de cada momento de la vida. No quería perder el tiempo. No quería ser un hombre anciano y lamentar no haberse arriesgado. No haber vivido al máximo. Se trataba de eso, de la vida, no de la muerte.

Pero la voz de Penny se negaba a salir de su cabeza. Su mirada acusadora parecía atravesarle el alma. Y la expresión de su rostro cuando le dijo que se marchara de la cabaña permanecería para siempre con él.

Desde el momento en que la conoció, supo que Penny era de esas mujeres inolvidables. Y él no la había olvidado. Ahora los recuerdos eran más ricos y estaban profundamente impregnados en su alma. Se había convertido en parte de él y dejarla fue como arrancarse el corazón con un cuchillo.

Colt apretó el volante con las manos y se quedó sentado en la sombra de la espectacular mansión que no se había convertido en un hogar hasta que llegaron Penny y los gemelos. Alzó la vista hacia la casa y sintió un vacío como nunca antes había experimentado. Ahora no solo le perseguía el pasado, sino también el futuro del que nunca formaría parte.

Ya echaba de menos a Penny. Su olor. El sonido de su risa. Su sabor. Colt nunca había pensado en enamorarse. Nunca lo consideró. Pero ahora se daba cuenta de que cuando la conoció en Las Vegas supo instintivamente que ella sería la única mujer a la que nunca podría olvidar.

Y ahora la situación había empeorado.

Ahora estaban también los gemelos. Colt no quería pensar en todo lo que se iba a perder, pero, ¿cómo evitarlo? Sus primeras palabras. Los primeros pasos. El primer día de colegio. Se lo iba a perder todo.

El corazón le dio un vuelco dentro del pecho, pero ahora no podía echarse atrás. Estaba haciendo lo correcto y así iba a seguir. Aunque sufriera cada día de su vida porque se había alejado de las tres personas más importantes del mundo para él.

Colt agarró la bolsa de viaje, se bajó del coche y entró en su casa. Lo que necesitaba era volver al mundo real. La emoción de encontrar nuevos y mayores retos.

La casa estaba demasiado silenciosa. Trató de no ver la huella de Penny y de los gemelos en ninguna parte. Habían dejado su rastro por toda la casa, pero Colt pensó que esos recuerdos se desvanecerían con el tiempo. Y si no era así, vendería la maldita casa.

Hizo unas cuantas llamadas de teléfono: a su hermano, al aeropuerto y al abogado. Metió algo de ropa en otra bolsa, guardó el equipo de esquiar y se dirigió al aeropuerto John Wayne. Le estaría esperando un jet, y en cuestión de pocas horas estaría donde tendría que haber estado hacía unas semanas. En Sicilia. En el monte Etna.

Retomaría la normalidad y se tomaría las dos últimas semanas como un mal funcionamiento de su radar. Como una piedra en el camino.

Lo que resultaría mucho más fácil si el recuerdo de los ojos de Penny lo dejara en paz.

Los gemelos estaban lloriqueando mucho y Penny entendía cómo se sentían. Echaban de menos a Colt, y ella también. En solo un par de semanas se había convertido en parte de sus vidas en la cabaña, y ahora que se había marchado había dejado un hueco en la familia.

Penny todavía no podría creer que le hubiera dicho la noche anterior que se marchara. Tras tanto desear que se quedara, resultaba irónico que hubiera sido ella la que le dijera que se fuera.

Se había pasado la noche en blanco recordando su conversación palabra por palabra. Recordaba la sombra de sus ojos cuando le habló del día en que sus padres murieron. Penny había visto el dolor y la culpabilidad en su mirada a pesar de los esfuerzos de Colt por ocultarle sus emociones.

Ella sabía que estaba herido y lo había estado durante años. Se sentía mal por él, porque hubiera vivido con aquella culpa innecesaria durante tanto tiempo, pero a la vez quería gritarle. Él no había matado a sus padres. ¿Por qué tenía que seguir sufriendo? ¿Cuándo sería suficiente?

Penny había superado el pasado y había seguido

adelante. ¿Por qué no podía hacer lo mismo él? ¿Por qué no valoraba a sus hijos y a ella más que a sus miedos y su culpa? ¿Y por qué seguía torturándose ella?

Su niña se sorbió los mocos y Penny regresó al instante al presente.

—No pasa nada, Riley —la calmó mientras le cambiaba la camiseta—. Sé que echas de menos a tu padre, pero luego será más fácil, te lo prometo.

Mentira. ¿Por qué los padres mentían siempre a sus hijos? No iba a ser más fácil. Nunca sería fácil vivir sin Colt. Los gemelos tenían suerte, eran demasiado pequeños para conservar su recuerdo. Sabía que Colt volvería de vez en cuando por los niños. Los visitaría y formaría parte de su vida. Pero solo sería una sombra de lo que podrían haber tenido juntos.

—No tendría que haberle dicho nada —dijo Robert desde la puerta abierta del cuarto de los niños—. Lo siento mucho, Penny. Pensé que él haría lo correcto.

—No lo sientas —dijo ella poniéndole a Riley una camiseta limpia por la cabeza. La niña se rio y aplaudió con sus regordetas manitas—. Colt tenía derecho a saber lo de los gemelos y ahora ya lo sabe. Vamos a dejarlo así.

—Claro. No pasa nada porque se haya ido, ¿verdad?

—No. La vida continúa.

Penny se dijo a sí misma que quizá debería preocuparse. Se le estaba empezando a dar demasiado bien eso de mentir. Abrazó a su hija y se giró hacia Robert, que la miraba como si no la creyera.

—Nunca habría salido bien —aseguró. Era lo que se estaba diciendo a sí misma desde la tarde en que prácticamente echó a Colt de su casa. Pero no tenía elección. Le había dicho que no podía contar con él. ¿Qué otra cosa podría haber hecho?–. Somos demasiado diferentes. Él corre demasiados riesgos y yo…

–¿No corres ninguno? –terminó Robert por ella.

–Ahora has hablado como Colt –contestó Penny irritada.

–No me sorprende. Está muy claro, Penny –Robert entró en la habitación–. Papá te hizo una buena faena al marcharse. Tú crees que yo era demasiado pequeño para darme cuenta, pero no era así. Vi lo duro que trabajaste para sacarnos adelante a los dos.

A Penny se le llenaron los ojos de lágrimas y se las quitó con las yemas de los dedos. Aquellos años fueron aterradores pero también muy gratificantes. Descubrió que el miedo no tenía por qué atenazarlos. Descubrió su pasión por la fotografía. Vio cómo Robert conseguía una beca completa para la universidad, y luego conoció a Colt y por un instante creyó que por fin había encontrado algo de magia para ella misma.

Pero aquel sueño terminó y comenzó un nuevo, se dijo. Debía recordar que a pesar de tanto dolor no estaba sola. Tenía a sus hijos. Tenía a Robert y a Maria. Y algún día tal vez le parecería suficiente.

Cuando el dolor por Colt finalmente se desvaneciera.

–Vi cuánto te dolió que papá se fuera. Te cerraste, Penny. A todo el mundo excepto a mí.

Ella le miró y sintió cómo se le sonrojaban las mejillas. Tal vez su hermano tuviera razón, reconoció en silencio. Pero se había abierto a Colt dieciocho meses atrás. Arriesgó el corazón y perdió.

–Pero nunca te había visto tan feliz como cuando estabas con Colt. Además –añadió dándole un beso a Riley en la coronilla–, sé que le importas, así que esperaba que…

A Penny se le encogió el corazón dentro del pecho. Ella también lo esperaba. A pesar de todo, lo esperaba. Ahora echaba demasiado de menos a Colt. Era mucho más duro perderle ahora que dieciocho meses atrás. Verle salir por la puerta y no saber si iba a volver. Saber que sus hijos se perderían la relación de día a día con su padre. Que el hombre que amaba estaba más interesado en esperar la muerte que en vivir con ella. Resultaba demasiado duro.

—Te lo agradezco –dijo Penny cuando estuvo segura de que no se le iba a romper la voz–. Pero ahora todo ha terminado y tengo que aprender a vivir con la realidad.

Robert le pasó el brazo por el hombro y ella se dejó abrazar para recibir el calor y el cariño de su hermano. Escuchó cómo Reid se reía en el salón con Maria, y a pesar del enorme agujero que sentía en el corazón, Penny sonrió. Y seguiría sonriendo aunque solo fuera por sus hijos.

—Si vuelve, ¿qué harás?

—No volverá.

—Una vez volvió –le recordó Robert–. Y no fue solo por los niños. Tú no viste su cara cuando le dije que estabas en el hospital. Tú le importas, Penny. Mucho más de lo que él mismo cree. Así que tal vez volvería si supiera que tú estás dispuesta a intentarlo.

¿Cómo iba a abrirse y confiar en Colt? Ya dio ese salto de fe en el pasado y él la dejó. Si volvía a arriesgarse no sería la única que sufriría. Pondría también en riesgo los corazones de sus hijos, y no sabía si sería capaz de hacer algo así.

—No, Robert –afirmó con rotundidad tratando de convencerse también a ella misma. Cuanto antes aceptara la cruda realidad, antes podría empezar a lidiar con el dolor. Desearía que las cosas fueran de otra manera, pero desear no cambiaba nada–. No va a volver. Esta vez no.

Pero si lo hiciera, Penny estaría dispuesta a arriesgarse otra vez.

Colt sentía el corazón como una piedra fría y dura dentro del pecho.

Parecía como si lo hubieran vaciado por dentro. Había confesado sus secretos más oscuros y su vergüenza y Penny los había ignorado. Por alguna maldita razón, esperaba que al menos entendiera lo que le había costado contárselo.

Pero Penny no lo entendió.

Sus palabras seguían resonándole en los oídos dos días después. Colt había tratado de fingir que no tenía razón, pero, ¿cómo podía haberlo? Vivía con un pie fuera constantemente. Si pasaba más de tres semanas en un mismo sitio las paredes se le empezaban a caer encima. Llevaba diez años en constante movimiento. Sin parar nunca. Y lo más importante, sin permitir que nadie dependiera de él para nada. Y sin embargo le mataba saber que Penny se negaba a depender de él.

–Tiene razón –murmuró–. No tiene ningún sentido.

El motor del jet era un bramido constante de fondo que parecía mezclarse con el caos de sus pensamientos. Ya estaba por fin rumbo a Sicilia, y normalmente tendría un mapa de la zona desplegado delante de él, estaría haciendo planes y sintiendo la emoción que había sido su constante compañera durante los últimos diez años. Pero hoy no sentía nada.

Solo la soledad del interior del jet y su propia tristeza. No era capaz de interesarse lo más mínimo por el monte Etna o por el desafío de bajar esquiando por las perversas colinas de un volcán en activo. Lo único que podía preguntarse era qué estarían haciendo Penny y los gemelos. ¿Habría ido ella al médico? ¿Habría dicho Reid alguna palabra? ¿Estaría metiéndose Riley en todos los charcos de barro del jardín de atrás?

¿Le echarían de menos?

Colt se reclinó en el asiento de cuero y miró por la ventanilla. El viaje de California a Italia era muy largo. Primero habían parado en Nueva York para repostar combustible y ahora volaban hacia Sicilia. En el aeropuerto de Catania tomaría un helicóptero hasta el monte Etna y haría lo que había ido a hacer, bajar esquiando la empinada cara de un volcán a punto de erupción. Tenía la mirada clavada en las nubes que cruzaban el cielo. A lo lejos se distinguía Italia como una nebulosa marrón y verde. Pero Colt apenas lo veía.

Solo veía la cara de Penny. Escuchaba su voz preguntándole por qué perseguía a la muerte. Diciéndole que sin duda su madre estaría agradecida porque él no hubiera estado aquel fatídico día en la montaña. Y aunque en su momento le molestó, Colt había tenido tiempo suficiente para pensar en ello y no le quedó más remedio que admitir que Penny tenía razón. Si hubiera sido él a quien sorprendiera la avalancha, en sus últimos minutos habría agradecido que sus hijos siguieran con vida. Que Penny estuviera a salvo.

«Has olvidado cómo vivir».

Colt se pasó la mano por la cara, pero el gesto no sirvió para acallar los ecos de su voz y ni la imagen de su cara. ¿Tendría razón en aquello también? ¿Habría intentado morir para compensar a sus padres por haberles fallado? Se revolvió incómodo. Aquello sonaba muy estúpido. Muy… absurdo.

Al pasar tanto tiempo huyendo de la vida estaba ya en gran medida muerto, ¿verdad?

Colt se puso de pie de un alto y recorrió arriba y abajo el largo de su jet privado. El lujo de tener todo el avión para él solo era algo que normalmente disfrutaba. Hoy no demasiado. Al estar solo no le quedaba más remedio que enfrentarse a todos los conflictivos pensamientos que se le cruzaban por la cabeza. Llevaba tanto tiempo huyendo que la idea de quedarse en un sitio le resultaba casi impensable. Pero, ¿qué había conseguido al huir?

Se detuvo frente al minibar, se sirvió una generosa copa de whisky escocés en un vaso de cristal y se lo bebió como si fuera medicina. El líquido le quemó un poco por dentro, calentándole por un instante el frío de los huesos. Tal vez lo había estado haciendo todo mal desde el principio. Tal vez había perdido diez años de su vida persiguiendo el riesgo y ni siquiera se había dado cuenta de que no corría «hacia algo», sino que estaba alejándose del mayor riesgo de todos.

El amor.

Arriesgarse a morir no era nada, se dijo. Arriesgarse a vivir con alguien era un paso real para el que se necesitaba valor. Y mientras él se había contenido, Penny se arriesgó. Era muy fuerte a pesar de todo por lo que había pasado cuando era pequeña. ¿Cómo iba a ser Colt menos?

Cerró la puertecita del minibar y se acercó a la ventanilla más cercana para mirar el mundo que quedaba abajo. En su mente surgió la imagen del monte Etna con sus picos nevados y sus calderas humeantes. Y entonces surgió al instante el recuerdo de los ojos de Penny cuando estaba dentro de ella. El calor, el amor, la promesa de todo brillando en aquellas profundidades color verde.

¿Vida? ¿O muerte?

Se dio cuenta con un escalofrío de que no había color. No necesitaba un maldito volcán para tener un reto. Vivir con una mujer tan fuerte como Penny iba a ser una aventura real. Si es que podía convencerla para que le dejara demostrarle quién era. Para que volviera a aceptarlo en su vida. En las vidas de sus hijos. Pero no podía hacerlo desde Sicilia.

Se acercó a buen paso a la cabina y abrió la puerta.

El copiloto se giró hacia él desde su asiento y sonrió.

Colt ignoró el gesto de amabilidad.

—¿Dónde estamos exactamente?

—Aterrizaremos en Catania dentro de una hora aproximadamente.

—De acuerdo —Colt asintió y por primera vez desde hacía diez largos años escuchó a su corazón. Sabía lo que tenía que hacer. Sabía lo que quería hacer. Con la decisión tomada, dijo:

—Cuando aterricemos, repostad combustible lo más rápido posible. Regresamos.

Tras el vuelo más largo de su vida, Colt entró en las oficinas de Aventuras Extremas King y se dirigió al despacho de su hermano sin molestarse en llamar a la puerta.

—Creí que estabas en Sicilia —Connor estaba sentado frente al escritorio, asombrado.

–Sí, cambio de planes –dijo Colt acercándose al enorme ventanal que daba al mar–. Dime una cosa. Siempre me has dicho que el accidente de papá y mamá no fue culpa mía. ¿Lo decías de verdad?

–Por supuesto que sí –afirmó Con con tono rotundo–. ¿A qué viene esto?

–Penny –Colt sacudió la cabeza y se frotó los ojos. Su gemelo, sus hermanos y sus primos habían intentado acercarse a él a lo largo de los años. Intentaron hacerle ver que los accidentes son accidentes y que por muy terrible que fuera no fue culpa de Colt. Pero él nunca se mostró dispuesto a escucharlos. Ahora tenía que saberlo–. Me ha hecho pensar. Preguntarme. Y necesito saber si eso es lo que los demás y tú pensáis.

Connor tenía un tono suave, pero el poder que había detrás de sus palabras reverberó en el aire.

–Tú no provocaste la avalancha, Colt. Ni siquiera tú tienes superpoderes.

Colt sonrió brevemente y miró a su gemelo.

–Pero si hubiera estado allí podría haberme asegurado de que se pusieran a salvo.

Con se encogió de hombros.

–Si tú hubieras estado con ellos no habría cambiado nada. Papá era tan loco y tan aventurero como tú. ¿De dónde crees que lo has sacado?

Colt nunca había pensado en ello.

–Lo único que hubiera cambiado –añadió Con acercándose a su gemelo y dándole una palmada en el hombro– es que tú también habrías muerto. Y que yo te estaría echando muchísimo de menos.

Los labios de Colt se curvaron en una sonrisa. A todos los King les gustaba la aventura, disfrutaban de la adrenalina, pensó mientras por fin empezaba a quitarse la capa de culpabilidad que lo había envuelto durante años.

–Tienes razón. Me refiero a lo de papá.

Con aplaudió lenta y deliberadamente y sonrió a su gemelo.

–Vaya, por fin. Solo han hecho falta diez años para convencerte. Siempre he dicho que el inteligente era yo.

–Muy gracioso –Colt dejó escapar el aire y supo que necesitaría tiempo para dejar completamente atrás el pasado. Pero al menos ahora tenía una oportunidad–. Escucha, voy a ir a casa de Penny. Pero antes tengo que hacer unas cuantas cosas. Una de ellas es hablar contigo sobre una idea que se me ha ocurrido en el vuelo de vuelta a casa.

Con compuso un gesto de curiosidad.

–Te escucho.

Penny echaba de menos a Colt más de lo que nunca creyó posible. Los gemelos también, estaba segura. No estaban tan animados como habitualmente y de vez en cuando uno de ellos o los dos miraba a su alrededor en una habitación vacía como buscando a su padre. A Penny se le rompía el corazón, pero sabía que tarde o temprano los bebés superarían la sensación de que algo les faltaba. Seguirían adelante y los recuerdos se borrarían y algún día, cuando Colt volviera a aparecer en sus vidas, le mirarían como a un extraño.

Ojalá fuera igual de fácil para ella, pero sabía que nunca lo superaría. Lo añoraría y soñaría con él durante el resto de su vida. Lo buscaría en mitad de la noche. Buscaría el sonido grave de su voz cuando les leía un cuento a los gemelos antes de dormir. Incluso echaría de menos oírle soltar una palabrota cuando se daba con la cabeza en el marco de la puerta.

Aquel hombre había dejado un agujero gigante en su vida. Y daría lo que fuera por tenerlo otra vez a su lado.

—Eres patética, eso es lo que eres —murmuró recogiendo su cámara digital. La encendió, entró en el menú y empezó a repasar las fotos que había tomado durante el tiempo que Colt pasó con ellos.

Colt bañando a los gemelos, con más agua encima que en la bañera. Colt sosteniendo en brazos a Riley, haciendo una torre de bloques con Reid. Colt sonriendo a Penny desde la cama que acababan de compartir. Sentía el corazón roto. El dolor era su nuevo mejor amigo, y tenía la sensación de que las cosas no iban a mejorar a corto plazo.

Por suerte, justo cuando estaba a punto de hundirse en la fiesta de autocompasión del año, sonó el timbre de la puerta, lo que le dio una excusa para apagar la cámara y volver a la vida. Los gemelos estaban durmiendo y no quería arriesgarse a que se despertaran si volvía a sonar el timbre. Corrió a abrir y vio en el porche a un hombre con un portapapeles.

—¿Penny Oaks? —era calvo, tenía las cejas grises, el rostro muy bronceado y los hombros anchos.

—Sí…

—Le traigo un paquete —dijo tendiéndole el portapapeles—. Firme aquí.

—¿Firmar qué? —miró automáticamente la factura de entrega. Era de una tienda de muebles—. ¿Qué es esto?

—Traedlo todo, Tommy —gritó el hombre del porche antes de girarse otra vez hacia ella—. Usted firme.

Ella obedeció y luego dio un paso atrás, asombrada mientras dos hombres más descargaban un sofá de cuero color chocolate con butaca a juego.

–Yo no he pedido esto –protestó.

–Alguien lo ha hecho –el hombre le tendió el papel–. Vamos a llevarnos sus cosas viejas. Adelante, chicos.

–¿Pero qué...? –Penny guardó silencio cuando uno de los hombres más jóvenes sonrió, asintió y pasó por delante de ella para entrar en su casa.

Luego volvieron a salir llevándose su viejo sofá para meterlo en la furgoneta antes de meter los sustitutos de cuero.

Antes de que pudiera hacer más preguntas, la furgoneta se marchó y Penny cerró la puerta. Se quedó mirando los muebles nuevos que no había pedido.

–Huele de maravilla –murmuró acercándose para acariciar el sofá como si fuera un gato– Pero quién... Colt. Ha tenido que ser Colt –se dijo–. Debió encargarlo antes de marcharse. Seguramente olvidó decirme que lo iban a traer.

Penny suspiró, se sentó en el brazo del sofá y frunció el ceño al escuchar el ruido de la máquina cortacésped al arrancar. Miró por la ventana y vio a un equipo de jardinería trabajando. ¿Qué estaba pasando allí?

Antes de que pudiera llegar a la puerta de entrada escuchó cómo los bebés se despertaban y gemían. Al parecer el ruido de la máquina los había despertado. Ya no podrían echarse la siesta. Penny dio un rodeo para tomar a los niños, se colocó a cada uno en una cadera y luego salió al porche delantero.

–¡Disculpen! –le gritó a uno de los hombres–. ¿Quién los ha contratado?

Reid sollozó y abrió mucho los ojos, preparándose para lanzar un grito auténtico. Y cuando lo hiciera, Penny sabía que Riley le seguiría.

–De verdad –volvió a intentarlo con una sonrisa–. Necesito saberlo…

El hombre se encogió de hombros y siguió trabajando. Sin saber qué hacer a continuación, Penny volvió a entrar en la casa, dejó a los niños en el suelo cerca de la caja de juguetes y observó por la ventana cómo le arreglaban el jardín.

–Vuestro padre está detrás de todo esto –susurró sintiendo cómo se le llenaban los ojos de lágrimas–. No se quedará, pero hará las cosas a distancia. Ocuparse de mi jardín. Comprarme muebles nuevos. ¿Qué será lo próximo?

Sonó el timbre de la puerta y Penny se puso tensa. No esperaba respuesta a su última pregunta. Echó un vistazo a los gemelos para asegurarse de que estuvieran bien, abrió la puerta de entrada y se encontró con un hombre vestido de traje que tenía un juego de llaves de coche en la mano.

–¿Quién es usted? –le preguntó.

–Yo solo soy el mensajero, señora –dijo tendiéndole las llaves–. ¡Que lo disfrute!

–¿Disfrutar qué? –Penny miró detrás de él y vio cómo se llevaban su coche de quince años de antigüedad–. ¡Eh, espere!

Corrió al salón, agarró a los gemelos y salió con ellos al porche. Los jardineros ya estaban en la parte de atrás, y en la entrada había aparcado un reluciente todoterreno rojo. Vio por el rabillo del ojo cómo su antiguo coche descendía muy despacio calle abajo.

–¡Un momento! ¡Vuelva!

—He vuelto –dijo Colt saliendo de detrás del todoterreno–. Si me aceptas.

Penny se quedó sin aire. El estómago le dio un vuelco y luego empezó a sentir mariposas. Miles de ellas. Asombrada y sin palabras, Penny se limitó a quedarse mirándolo mientras se acercaba. Su mirada se clavó en la suya.

—Se suponía que estabas en un volcán.

Colt sonrió de un modo que le provocó una corriente eléctrica.

—¿Por qué iba a querer hacer eso cuando puedo estar aquí?

—¿Aquí? –Penny estuvo a punto de atragantarse con la palabra.

—En ningún otro sitio –aseguró él poniendo un pie en el porche.

Penny se rio un poco al ver cómo los niños empezaban a dar gritos de alegría al ver a su padre otra vez. Colt se rio también y le quitó a los gemelos de la cadera. Los sostuvo entre sus brazos, les besó en la coronilla y dijo:

—Os he echado de menos, chicos.

—Ellos a ti también –reconoció Penny. Y se secó disimuladamente una lágrima.

—¿Y su madre? –preguntó Colt–. ¿Me ha echado de menos?

—Mucho –admitió ella. ¿Qué sentido tenía negarlo ahora?

—Penny –Colt bajó el tono–, tenías razón respecto a mí.

—¿Qué? ¿Razón? ¿Cuándo?

Colt sonrió y dijo:

—¿Podemos entrar?

—Claro.

Penny dio un paso atrás y Colt pasó por delante de ella. Llevó a los niños al salón, los dejó en el suelo con sus juguetes y volvió a ella. Penny no podía apartar los ojos de él. Tenía miedo de que desapareciera si lo hacía. Que fuera solo una ilusión o un espejismo.

Pero estaba allí, delante de ella. Olía muy bien. El pelo le caía por la frente y sus ojos azules como el hielo… no estaban tan helados. Parecían cálidos, como un cielo de verano, y estaban clavados en ella.

—Tenías razón –repitió Colt– cuando dijiste que he estado persiguiendo la muerte porque no quería arriesgarme a vivir.

—Colt…

Él sacudió la cabeza y sonrió.

—No te eches atrás ahora. Todo lo que me dijiste era verdad, Penny. Pero ya no. Quiero vivir. Contigo. Con mis hijos. Vosotros sois lo único que necesito.

Oh, Dios. Cuánto deseaba creerle. Pero…

—¿Y qué pasa con tu amor por la aventura? ¿Cómo vas a ser feliz viviendo en una cabaña en Laguna?

Colt la estrechó un instante entre sus brazos y luego volvió a apartarse para poder mirarla a los ojos. Y que Penny pudiera ver la verdad en los suyos.

—Vivir contigo, con los gemelos, y con los demás hijos que tengamos será toda la aventura que necesito.

—Los demás…

—Y sé que te encanta la cabaña, pero va a ser demasiado pequeña para todos los hijos que vamos a tener, así que estaba pensando que podíamos darles la cabaña a Robert y Maria y mudarnos a la casa del acantilado –Colt volvió a sonreír–. Si vivo aquí terminaré matándome de tanto darme con la cabeza en las vigas bajas.

A Penny le daba vueltas la cabeza.

—¿Todos los hijos que vamos a tener?

Colt sonrió con los ojos brillantes.

—Eso es. Tal vez incluso tengamos otro par de gemelos o dos. ¿Quién sabe?

—Estás yendo demasiado rápido, Colt. No puedo seguirte el paso —oh, pero cómo deseaba hacerlo.

—Esto no es rápido —afirmó él—. Ya he perdido demasiado tiempo pensando en el pasado en lugar de mirar hacia el futuro.

Estaba allí mismo con ella. En su salón. Prometiéndole todo. Mirándola con el amor que Penny siempre había soñado, pero todavía no había dicho las palabras que ella necesitaba desesperadamente escuchar.

—También he hablado con Con antes de…

—¿Antes de contratar una empresa de jardinería y comprarme muebles nuevos y un coche?

—Exacto —Colt le guiñó un ojo—. Vamos a reestructurar nuestro negocio. Con cree que es una gran idea. Aventuras Extremas King se va a convertir en Aventuras Familiares King. Vamos a encontrar los mejores lugares para que las familias vayan de vacaciones. Para que experimenten el mundo. Queremos que la gente disfrute de la vida, no que la ponga en peligro.

A Penny se le enterneció el corazón.

—Oh, Colt…

—¡Piensa en ello! Así tendremos una base mayor de clientes.

Ella sonrió y solo pudo pensar en lo feliz que se sentía. En lo mucho que le gustaba estar allí así con él.

—Con y yo creemos que tú deberías hacer las fotos para la publicidad.

—Creo que necesito sentarme —antes de que se desmayara. El sol de la tarde se filtraba a través de las ventanas e iluminaba los rayados suelos de madera. Sus hijos estaban en el salón jugando y riendo. Y el hombre que amaba estaba delante de ella ofreciéndole el mundo y más.

—Yo te sostendré, Penny —le prometió rodeándola con su brazos—. Te lo juro, siempre estaré ahí para ti. Podrás contar conmigo. Apoyarte en mí. Quiero que sientas que puedas contar conmigo. Nunca te fallaré.

Ella le miró a los ojos, alzó una mano, le acarició la mejilla y dijo:

—Nunca pensé que lo harías, Colt.

Él aspiró con fuerza el aire y la abrazó con más fuerza.

—Podemos hablar de negocios, de la mudanza y de tener más hijos cuando haya terminado de decirte lo más importante —la soltó, dio un paso atrás e hincó una rodilla al suelo—. Esta vez lo voy a hacer bien.

Penny se llevó una mano a la garganta mientras veía cómo sus sueños se hacían realidad.

—Te amo, Penny Oaks. Creo que desde el momento que te conocí —Colt sonrió con tristeza—. Por eso me escapé todo lo deprisa que pude. Lo que sentía por ti me daba terror. Ahora lo único que me aterroriza es imaginarme tener que vivir sin ti.

Sacó una cajita del bolsillo, levantó la tapa de terciopelo y le mostró un anillo con un enorme diamante amarillo.

—Oh, Colt…

—Cásate conmigo otra vez, Penny. Comparte tu vida conmigo. Te prometo que viviremos una gran aventura.

—Sí. Oh, Dios mío, sí, Colt. ¡Claro que me casaré contigo!

Colt se puso de pie de un salto, la estrechó entre sus brazos y dio vueltas en círculo con ella antes de dejarla en el suelo y deslizarle el anillo en el dedo. Penny no podía dejar de sonreír.

—Esta vez tendremos la boda que te mereces —afirmó tomándole la cara entre las manos para besarla—. Celebraremos la mayor boda que haya visto nunca California. Cualquier cosa que tú quieras.

Penny se miró el anillo del dedo y luego miró a los ojos llenos de amor de Colt.

—Lo único que quiero es volver a la capilla donde nos casamos la primera vez. Solos tú, yo y los gemelos.

—Dios, eres increíble —susurró Colt besándola otra vez—. Le pondré combustible al jet. Podemos salir mañana si tu médico dice que estás bien. ¿Fuiste a verle?

—Sí. Dijo que estoy perfecta.

Colt sonrió con picardía.

—En eso tiene razón.

Penny no podía creer lo que estaba ocurriendo. De pronto tenía todo lo que siempre había deseado. El hombre que amaba. Sus hijos...

—*¡Pá!*

Penny y Colt se quedaron paralizados y se giraron a la vez para mirar a los gemelos. Reid estaba de pie y Riley aplaudió y volvió a gritar:

—*¡Pá!*

Colt entró a toda prisa en el salón, levantó a los gemelos en brazos y hundió la cara en su dulzura durante un instante. Cuando volvió a mirar a Penny, ella vio el amor brillando en sus ojos.

—No puedo creer que haya estado a punto de perderme esto —susurró Colt.

Penny se acercó a ellos y rodeó a su familia con los

brazos. Hasta que escuchó otra furgoneta deteniéndose en la entrada. Entonces se apartó y miró con recelo al hombre que amaba.

—¿Qué más has hecho?

Colt sonrió y se encogió de hombros.

—Seguramente sea la cuadrilla de Rafe, que vienen a poner la valla blanca.

Penny se rio y se apoyó en él.

—Creí que odiabas las vallas blancas.

—No están tan mal —reflexionó Colt—. La vamos a necesitar cuando vengan los cachorros.

—¿Cachorros? —Penny sacudió la cabeza. Pensó que la vida con Colton King nunca sería aburrida, y que siempre sabría lo que era sentirse completamente amada.

Colt bajó la cabeza, la besó y susurró:

—Empieza la aventura.

Deseo

Dos pequeños secretos
Maureen Child

Colton King puso fin a su intem-
pestivo matrimonio con Penny
Oaks veinticuatro horas después de la boda. Pero más de
un año después, Colton descubrió el gran secreto de Penny...
de hecho, se trataba de dos pequeños secretos: un niño y una
niña.

Colton quería reclamar a sus
gemelos y enseguida se dio
cuenta de que también estaba
reclamando a Penny otra vez.
No le quedó más remedio que
preguntarse si su matrimonio relámpago estaba desti-
nado a durar toda la vida.

Una noche condujo a dos bebés

¡YA EN TU PUNTO DE VENTA!

Acepte 2 de nuestras mejores novelas de amor GRATIS

¡Y reciba un regalo sorpresa!

Oferta especial de tiempo limitado

Rellene el cupón y envíelo a
Harlequin Reader Service®
3010 Walden Ave.
P.O. Box 1867
Buffalo, N.Y. 14240-1867

¡Sí! Por favor, envíenme 2 novelas de amor de Harlequin (1 Bianca® y 1 Deseo®) gratis, más el regalo sorpresa. Luego remítanme 4 novelas nuevas todos los meses, las cuales recibiré mucho antes de que aparezcan en librerías, y factúrenme al bajo precio de $3,24 cada una, más $0,25 por envío e impuesto de ventas, si corresponde*. Este es el precio total, y es un ahorro de casi el 20% sobre el precio de portada. ¡Una oferta excelente! Entiendo que el hecho de aceptar estos libros y el regalo no me obliga en forma alguna a la compra de libros adicionales. Y también que puedo devolver cualquier envío y cancelar en cualquier momento. Aún si decido no comprar ningún otro libro de Harlequin, los 2 libros gratis y el regalo sorpresa son míos para siempre.

416 LBN DU7N

Nombre y apellido	(Por favor, letra de molde)
Dirección	Apartamento No.
Ciudad	Estado	Zona postal

Esta oferta se limita a un pedido por hogar y no está disponible para los subscriptores actuales de Deseo® y Bianca®.
*Los términos y precios quedan sujetos a cambios sin aviso previo.
Impuestos de ventas aplican en N.Y.

SPN-03